50
TONS
DE
VIDA

Editora Appris Ltda.
1.ª Edição - Copyright© 2024 do autor
Direitos de Edição Reservados à Editora Appris Ltda.

Nenhuma parte desta obra poderá ser utilizada indevidamente, sem estar de acordo com a Lei nº 9.610/98. Se incorreções forem encontradas, serão de exclusiva responsabilidade de seus organizadores. Foi realizado o Depósito Legal na Fundação Biblioteca Nacional, de acordo com as Leis nºs 10.994, de 14/12/2004, e 12.192, de 14/01/2010.

Catalogação na Fonte
Elaborado por: Josefina A. S. Guedes
Bibliotecária CRB 9/870

F993c 2024	Fusco, José Paulo Alves 50 tons de vida / José Paulo Alves Fusco. – 1. ed. – Curitiba: Appris, 2024. 238 p. ; 23 cm. ISBN 978-65-250-5616-6 1. Memória autobiográfica. 2. Amor. 3. Mistério. I. Título. CDD – 808.06692

Livro de acordo com a normalização técnica da ABNT

Appris
editora

Editora e Livraria Appris Ltda.
Av. Manoel Ribas, 2265 – Mercês
Curitiba/PR – CEP: 80810-002
Tel. (41) 3156 - 4731
www.editoraappris.com.br

Printed in Brazil
Impresso no Brasil

JOSÉ PAULO ALVES FUSCO

50
TONS
DE
VIDA

Appris
editora

FICHA TÉCNICA

EDITORIAL
Augusto Coelho
Sara C. de Andrade Coelho

COMITÊ EDITORIAL
Ana El Achkar (UNIVERSO/RJ)
Andréa Barbosa Gouveia (UFPR)
Conrado Moreira Mendes (PUC-MG)
Eliete Correia dos Santos (UEPB)
Fabiano Santos (UERJ/IESP)
Francinete Fernandes de Sousa (UEPB)
Francisco Carlos Duarte (PUCPR)
Francisco de Assis (Fiam-Faam, SP, Brasil)
Jacques de Lima Ferreira (UP)
Juliana Reichert Assunção Tonelli (UEL)
Maria Aparecida Barbosa (USP)
Maria Helena Zamora (PUC-Rio)
Maria Margarida de Andrade (Umack)
Marilda Aparecida Behrens (PUCPR)
Marli Caetano
Roque Ismael da Costa Güllich (UFFS)
Toni Reis (UFPR)
Valdomiro de Oliveira (UFPR)
Valério Brusamolin (IFPR)

SUPERVISOR DA PRODUÇÃO
Renata Cristina Lopes Miccelli

PRODUÇÃO EDITORIAL
Sabrina Costa

REVISÃO
Andrea Bassoto Gatto

DIAGRAMAÇÃO
Bruno Ferreira Nascimento

CAPA
Carlos Pereira

Ostra feliz não faz pérola.

(Rubem Alves)

PREFÁCIO

Parabéns ao amigo José Paulo Fusco. Ao receber o convite para escrever este prefácio, confesso que fechei os olhos e deixei-me envolver pela busca de sentimentos e emoções.

Escrever um livro de contos é, sem dúvida, uma experiência cativante, um retorno às raízes da expressão artística. É como dar voz aos pensamentos mais íntimos, uma jornada que transcende as limitações da linguagem cotidiana e aventura-se em territórios da alma pouco explorados. Envolto em metáforas, ritmos e situações do cotidiano, cada conto é um ato de criar um universo próprio, em que as palavras dançam em harmonia, tecendo emoções e ideias de maneira única.

Ao longo da minha vida, escrever permaneceu como uma fonte inesgotável de inspiração. Ela oferece uma pausa revigorante, um momento de contemplação profunda que, muitas vezes, perde-se em meio às demandas da vida moderna. Os livros técnicos têm sua utilidade inegável, mas escrever uma história traz o poder singular de tocar a alma e provocar reflexões íntimas.

Ao mergulharmos no descrever de uma história, encontramos a liberdade de explorar a complexidade da experiência humana. Cada conto é ambientado em um universo particular, buscando ser uma janela para as profundezas da emoção e, ao mesmo tempo, uma ponte que conecta o escritor ao leitor de maneira única.

Além disso, considero essencial destacar a diversidade de temas que um escritor de contos pode abordar. É assim que Fusco traz suas inspirações. Cada conto parece ser uma janela para diferentes perspectivas e experiências, convidando-nos a explorar paisagens emocionais variadas. A riqueza de temas em *50 tons de vida* amplia a conexão com as pessoas, proporcionando uma experiência literária enriquecedora.

Escrever sobre o efêmero, sobre a beleza do momento presente ou mesmo sobre as dores que permeiam a existência é tecer um tecido de palavras que transcende o tempo. Convido os leitores a uma jornada pessoal, em que podem encontrar consolo, inspiração e, acima de tudo, uma conexão mais profunda consigo mesmos.

Nesta obra de Fusco, desejo aos leitores que se entreguem a esta jornada literária com mente aberta, permitindo que as palavras envolvam-nos como uma melodia suave, despertando emoções e reflexões que ecoarão muito além das páginas deste livro encantador. Que esta experiência seja não apenas cativante, mas também transformadora, tocando corações e inspirando almas. Boa leitura! Em cada conto muitas descobertas, em cada conto muitas viagens para infinitos destinos.

São Paulo, 27 de outubro de 2023.

Paulo Roberto Bertaglia
Engenheiro, professor e autor
Especialista em Gestão de Cadeia de Fornecimentos

APRESENTAÇÃO

Dr. Bergamini, o ginecologista especializado em restauração de virgindades de "Asfalto selvagem", afirma que "os verdadeiros órgãos genitais estão na alma".

Em primeiro lugar, *50 tons de vida* parece nome de filme de amor e paixão, não é? E não deixa de ser uma coletânea de aventuras vividas de amor e paixão, de cores variadas, que eu pretendo, tenho a ousadia de pensar, que você vai querer ler até o fim. Algumas delas, de inspiração Rodrigueana e outras diversas coletadas pelas esquinas da vida. Um amigo me disse que todos os dias nos aparecem milhares de oportunidades para mudarmos as cores da nossa história. É algo como a teoria do caos, o farfalhar das asas de uma singela borboleta ocasionando uma terrível tormenta no outro lado do mundo. Eu acredito nisso. Acredito que nossa vida é uma sequência de episódios intercalados e inter-relacionados que, ao final de certo tempo, podem trazer grandes resultados. Então, para explorar um pouco esta minha visão, sem querer obrigar ninguém a acreditar nela, estou oferecendo à sua leitura e consideração, em grande altitude é claro, uma série de episódios terrenos, mundanos até. Por que *50 tons de vida*? Quando percorremos as muitas curvas das nossas paixões, é possível refletir sobre tudo. Nascemos com uma tela em branco e uma aquarela interior e, ao longo do tempo, alarga-se a visão panorâmica da vida até os limites da linha do horizonte. Viramos águias, veja só. Alguém disse, certa vez, que nossos sentidos nos possibilitam captarmos apenas parte do que nos cerca, dependendo do comprimento de onda dos efeitos que estamos a examinar. Apesar de todas as nossas limitações, somos todos seres cósmicos. Assim sendo, temos a capacidade de abrirmos nossas asas soltarmos nossa imaginação e nos libertarmos das amarras que nos prendem aos atos e preocupações comezinhas do dia a dia. Todos podemos perceber e compreender, usando a inteligência da alma, as nuances, a beleza e o acerto do mundo material onde vivemos. A língua dos homens, a palavra escrita, os fonemas comuns, tornam-se meios limitados para expressar tal estado de deslumbramento e harmonia. No entanto, podemos sempre refletir a respeito de tudo e associarmos as cores da natureza a tudo o que nos cerca. E aí vamos nós, tateando, meio cegos, respirando a atmosfera espessa, abrindo caminho aqui e ali, caindo muitas vezes e nos levantando outras tantas, utilizando o que resta dos nossos sentidos, em seus diversos tons, equilibrando-nos em desejos mundanos. Parece até que passamos a buscar nossas saídas ou entradas andando a esmo, qual fôssemos andarilhos sem destino. De qualquer modo, penso que também somos um pouco disso, andarilhos em busca de nós mesmos.

O que antes era uma visão panorâmica do universo se reduz à próxima esquina, às paredes opressoras de um quarto em completa solidão. O que antes era leveza, de repente torna-se pesado, incômodo, um quadro cinzento e cheio de pontas. Machuca e fere como vidro quebrado nas mãos de um menino, vermelho. Enfim, quebra-se o fino vidro que nos amparava no mundo do antes e... voltamos a "cair" na realidade... junto com nossos cacos, no mundo das paixões coloridas. Abrimos os olhos da consciência e enxergamos muitos outros seres que, tal como nós, buscam, procuram, tentam recuperar as fórmulas esquecidas nos borrões de tinta em que se transformaram nossas lembranças. Passamos a ter um contato crescente com a realidade da existência terrena, o "preto no branco". O tempo passa a ser, de novo, um fator limitante. O espaço físico também nos constrange os sentidos e nos obriga a uma existência subjugada aos ínfimos limites de um corpo carnal. Desse modo, para se ir de um lugar ao outro, torna-se necessário levar junto o tal corpo. Quando esquecemos isso, caímos, tropeçamos e rolamos pelo chão. O espírito quer ir, mas, agora, o corpo tem de ir junto. Aperta-nos o coração uma saudade estranha, indefinida, de um lugar, de um tempo, de uma promessa a ser cumprida, para podermos retornar a uma pátria que não sabemos, não lembramos exatamente onde fica, mas que deve ser azul. A racionalidade cartesiana marrom do bicho-homem passa a nos desafiar todos os dias. Esquecemos tudo, até mesmo de como se voa e como se ama. Quando nos levantamos, afinal, aturdidos ainda pela experiência de um sonho e uma paixão inacabada, nos vemos como parte de um cenário em tudo diferente e limitado, novamente uma tela em branco a nos desafiar. Nossos caminhos não são nítidos e tampouco retilíneos, além do que não existem respostas prontas. Somos obrigados pela matéria a responder desafios de curto alcance. Nossas habilidades passam a depender de esforços físicos antes desconhecidos, limitantes, um passo de cada vez. Por isso mesmo, o real aprendizado precisa ocorrer de modo incremental, a cada momento, a cada uma das cores que usamos de nossa aquarela pessoal. Começamos a subir lentamente uma enorme e estafante escadaria que parece não ter fim, degrau por degrau. Vez por outra vislumbramos clarões aqui e ali, brilhos fugazes e fugidios, a nos lembrar de promessas não cumpridas. A matéria, no entanto, é o que mais brilha no nevoeiro da vida. As portas que nos aparecem não têm letreiro, nem seguem uma lógica certa que pode nos libertar desta prisão e as cores de nossas emoções ficam mais nítidas, mas difíceis de serem alcançadas. Apesar disso, precisamos acreditar ter encontrado nosso caminho e tentamos voar. No início, quedamos empolgados, a esperança de voltar às nossas amadas paisagens nos excita os sentidos e até parece que chegaremos rapidamente ao céu. A realidade pesada, no entanto, apesar de transitória, logo prevalece e nos obriga a uma aterrissagem de emergência, um "cair na real". Quantas múltiplas vezes fizemos isso. Tentamos e caímos, tentamos e caímos, para novamente tentar e cair, qual fôssemos filhotes de águia aprendendo a voar. A vida nua e crua é assim mesmo. O mundo é uma escola, um ninho, de onde só conseguimos sair após um certo "período escolar". Enquanto isso não acontece, prosseguimos em nossos pulos, nossos voos curtos a baixa altitude, nas esquinas das paixões e suas ilusões, buscando as nossas cores verdadeiras, as respostas...ou as nossas perguntas.

Dito isso tudo, espero que o leitor possa aproveitar melhor, e de maneira mais crítica, as histórias que compõem este livro. Se gostar diga, mas, se não gostar, diga também.

Bauru, 27 de outubro de 2023.

José Paulo Alves Fusco
Engenheiro, professor e autor
Presidente da Academia Bauruense de Letras biênio 22/23

SUMÁRIO

1   **REFLEXÕES RODRIGUEANAS** 15

2   **MEUS GIGANTES** 21

3   **O CORNO** 28

4   **VIDA BANDIDA** 31

5   **DONA IZABEL** 41

6   **EULÁLIA** 54

7   **CARTAS AO VILELA 1** 61

8   **ANINHA BOTAFOGO (30 ANOS DEPOIS)** 64

9   **DES-CONSTRUÇÃO** 77

10   **CARTAS AO VILELA 2** 88

11   **UM CASO SÉRIO** 91

12   **SALVE LINDO...** 96

13   **LIBERTAÇÃO** 102

14   **À BEIRA DO CAMINHO** 110

15   O FANTASMA DO DIA 121

16   POR QUE A PRESSA? 127

17   CARTAS AO VILELA 3 134

18   DELÍRIOS DE LIBERDADE 137

19   VIDAS ENTRELAÇADAS 144

20   VOVÔ COMETA 148

21   ESCONDE-ESCONDE 156

22   UM EPISÓDIO NO PARAGUAY 161

23   REFLEXÕES DE UM CORPO SEM ALMA 189

24   CRIME NO HOSPITAL 196

25   PANDEMÔNIO NA PANDEMIA 218

26   PAIXONITE 223

27   O CONTADOR DE HISTÓRIAS 227

28   TEXTO TEATRAL – A DEFESA DE TESE 231

1

REFLEXÕES RODRIGUEANAS

Nelson Rodrigues

Como alguns dos contos apresentados neste livro têm influência de Nelson Rodrigues, bem como das circunstâncias que definem o contexto do chamado "universo Rodrigueano", penso que deveria dizer algumas palavras sobre o Mestre e sua obra. Rica em personagens e significados, ele penetra profundamente na *psique* humana para ambientar suas histórias e dar base sólida aos processos de relacionamentos, colocando frases e pensamentos em uns e outros.

"Só existe para o ser humano uma questão: ser ou não ser traído".
(Nelson Rodrigues)

A tônica da obra de Nelson Rodrigues é quase sempre em torno da figura do pai corrupto, do marido fraco, do corno, do chefe de família sem recursos para resistir a pressões externas, impotente diante dos tempos a que adere sem nenhum brilho, pois seu papel é encarnar um declínio (a vida como ela é).

Sua condição de "homem pequeno" veda-lhe até mesmo o direito à tragédia, pois, em sua condição de zero à esquerda, não tem a grandeza e a dignidade das grandes personalidades da história, sejam heróis ou bandidos. Sabemos que mesmo os grandes criminosos e vilões do passado exercem um fascínio nas pessoas comuns, uma vez que são personagens que escaparam – e muito – das médias, adquirindo feições quase extraterrenas, poderosas, a exemplo de Napoleão Bonaparte, Adolf Hitler, Átila e outros.

No entanto o destino do chamado homem comum quase sempre é ser o patético sentimental de feições pequeno burguesas, em que o espera, inexorável (e sem saber o motivo), a derrota inglória diante das mudanças enormes que ocorrem no mundo moderno. Sente como se estivesse no papel de uma pequena formiga sendo amassada ao peso de uma enorme motoniveladora, juntamente aos seus bilhões de irmãozinhos comuns, sabe para quê? Para nada, absolutamente nada.

Mudam-se os motivos, mas o centro das atenções continua o mesmo, ou seja, a derrocada consciente da figura dos "pais". Na década de 70, o motivo da percepção da própria incapacidade por parte do "pai" estava representada pelo significado do regime militar, opressor, que gerou os termos da modernização brasileira. Naquela época, ao perceber a falácia de tudo aquilo e sua incompetência ou sua falta de poder para agir contra aquela distância percebida, agressiva e que trazia grande desencanto, o "pai" tinha duas opções: fazer de conta ou encarar de frente.

O mesmo pode-se dizer nos dias de hoje, quando o "pai" sente diminuir cada vez mais a sua já pequena significância, em função do advento das redes sociais e também do aumento de poder das mulheres em seus novos papéis na sociedade. Como é cruel tomar consciência de sua absoluta pequenez, de sua pouca ou nenhuma significância, da dolorosa irrelevância para influenciar o andar das coisas do mundo. Como um pequeno passarinho descobrindo que suas asas nunca atingirão as grandes altitudes com as quais começa a sonhar ou percebendo a grandeza da águia que nunca chegará a ser.

É, então, que acontecem as reações patéticas contra tal estado percebido, o pai corruptor, marido fraco, o fracasso contundente daquela figura masculina arquetípica, que deveria ser o guardião dos paradigmas da moralidade. Ao invés disso, acontece o paradigma do percurso da humilhação do "pai", que se torna o centro do processo de decomposição familiar. Assim, seria melhor para o "pai" "voltar atrás", mergulhar na inconsciência novamente para escapar da condenação à infelicidade perpétua? Escapar à grande peça que a vida lhe reserva, nas asas das falácias trazidas com o aumento do conhecimento das coisas? Onde é o refúgio então? É isso que Nelson procura em suas obras, as respostas sem palavras às grandes questões não verbalizadas pelas pessoas.

O homem que se descobre pequeno após a tomada de consciência, entretanto, já está condenado irremediavelmente, pois não há recurso contra a pena degradante de prisão perpétua da alma, trazida pelo aumento do nível de consciência. Desse modo, não estará isso tudo por trás, como um pano de fundo, das situações criadas por Nelson? A derrota inglória e previsível para o mundo moderno? Tal homem é observado com desgosto, desconfiança, vazio de promessas (uma vez que a própria configuração do mundo jovem é o sinal maior de seu próprio desencanto).

Nelson Rodrigues construiu com maestria o mundo no qual ambientou suas histórias, até mesmo materializando e dando vida a alguns argumentos que nós mesmos costumamos utilizar para nos convencer de que estamos agindo em conformidade com as balizas morais que nos entranharam desde pequenos no espírito. Como quando o Dr. Bergamini, o ginecologista especializado em restauração de virgindades de "Asfalto selvagem", afirma que "os verdadeiros órgãos genitais estão na alma", frase representativa da ambiguidade salvadora que costumamos usar para manter o equilíbrio nas relações que temos conosco mesmo. São subterfúgios de que lançamos mão todos os dias para varrermos nossos fantasmas para debaixo do tapete. Naturalmente, há muito de sentido figurado nisso tudo, "dramas míticos", como diz Sábato Magaldi, uma vez que a mensagem tem de ser enviada e captada pelo público no curto espaço de tempo de uma peça de teatro.

Assim, as coisas acabam acontecendo sempre numa velocidade vertiginosa, como numa mensagem subliminar o amor torna-se uma busca do prazer sexual que, uma vez saciado, imediatamente gera uma nova inquietação. Do desejo satisfeito nasce na mesma hora um novo querer ou uma nova situação de conflito moral e decisão. Daí também a razão dos estereótipos utilizados de jornalistas, malandros, prostitutas, funcionários públicos humilhados, políticos corruptos, tias carolas e frustradas, médicos lascivos, advogados desonestos e virgens frenéticas para deixarem de ser. Uma multidão sempre envolvida em contínuas e confusas noções de pecado e danação, em que a necessidade de agredir e de rebaixar-se é apenas uma máscara a disfarçar suas próprias insatisfações existenciais, dentro da qual giram vertiginosamente o tempo todo.

50 TONS DE VIDA

Porém na obra de Nelson, ao invés de fugir à constatação desses fatos, construindo um mundo de mentira onde tudo possa encaixar-se dentro de uma verdade mais "confortável", de um lazer, uma espécie de trégua com a vida real, para que as pessoas "sintam-se bem", peças e romances optam por observar tal mundo de frente, insistentemente na cobrança de seus "podres", numa combinação de impulso moral (será mesmo?) e espírito de dissecação (isso sim, e Nelson o faz de forma profunda e com elevado grau de acerto), que tem sua contrapartida na atitude da psicanálise. Essa insistência no olhar, nos termos do radical desafeto em que se exerce, define uma capacidade de enxergar feridas (não está aqui em questão o diagnóstico) e também uma vontade de exibi-las que desemboca no que o próprio autor chamou de "teatro desagradável".

De certa forma, tem muito de perspectiva de mercado nessa visão, e aposto que Nelson era convicto disso, percebendo e incorporando o espírito agressivo da época em que foram escritas a maioria de suas obras. Na medida em que se tornou patente a procura de seus escritos pelo público, seja mediante aquisição de seus livros e de suas peças, ou mesmo acompanhando suas colunas diárias em jornais diversos, Nelson Rodrigues não hesitou um instante em utilizar-se de outras identidades, reais ou fictícias, para estimular a curiosidade do seu "eleitorado". Utilizando o pseudônimo Suzana Flag, Nelson assinou seis produções ocorridas nos anos 40 e 50, capturando leitores ávidos pelos dramas de suas histórias, sempre gravitando em torno dos mesmos assuntos Rodrigueanos, como traição, morte, vício, luxúria, traição. A escolha do pseudônimo tinha a prosaica e simples razão de que a maioria das pessoas que liam suas crônicas eram do sexo feminino, o que motivou o autor a buscar uma maior "intimidade" com esse tipo de leitor.

Nelson também era um mestre na arte de colocar ideias e explicar conceitos, para o que se utilizava da pena e da voz em alto e bom som, como na época em que definiu o "complexo de vira-latas" da seleção brasileira na Copa da Suécia, ou seja, em suas próprias palavras: "[…] a inferioridade em que o brasileiro coloca-se, voluntariamente, em face do resto do mundo". Com relação a isso, o autor aponta decididamente para essa que seria uma "falha" no caráter nacional, que acabaria atrapalhando até mesmo as grandes conquistas futebolísticas do país. Até hoje percebemos tal falha toda vez que flagramos um dos nossos jogadores "enrolando" para cantar o hino nacional.

Outra sacada de mestre de Nelson foi quando definiu os conceitos de cafajeste e canalha. A figura do cafajeste Rodrigueano foi estabelecida em uma de suas crônicas, em que tenta lidar com a figura do presidente JK, resultando daí a primeira definição do "político enquanto cafajeste". Em suas palavras: "Aqui, um chefe de Estado, para representar legitimamente o povo, há de ser, antes de mais nada, um cafajeste da cartola aos sapatos".

Para Nelson, JK seria o cafajeste genial, que conseguira em cinco anos não a construção de Brasília, mas salvar o homem brasileiro. Fazendo uma distinção com a figura do canalha, dizia que esse era o desagregador e responsável pelas tragédias pessoais presentes em suas obras. Faz sentido, uma vez que os personagens de suas histórias, via de regra, encarnam um e outro, ou, às vezes, as duas personalidades ao mesmo tempo.

Se examinarmos as principais obras do autor, podemos constatar que são justamente esses dois tipos, circulando pelas casas de família, repartições públicas, bares, redações de jornais e ruas do Rio de Janeiro, que conferem a dinâmica das histórias e que dão vida aos outros personagens, além de retesarem a corda das tensões embutidas nos enredos, detonando o desaguar das emoções. Percebendo a natureza hipócrita de uma elite ainda muito provinciana, juntando com o naturalismo próprio das produções cinematográficas nas encenações de sexo, Nelson conseguiu admiravelmente construir o arquétipo do que seria o olhar devasso com que deveriam ser encenadas e assistidas as suas peças, bem como a melhor forma para leitura e entendimento das mensagens contidas em seus livros.

2
MEUS GIGANTES

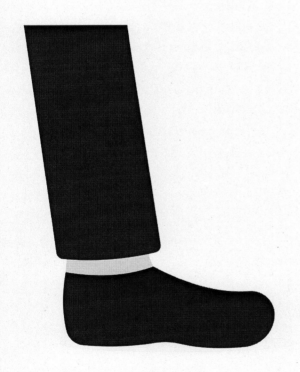

Escrever um pedaço da minha história como filho de Bauru representa preciosa oportunidade de abrir, mais uma vez, o meu baú de lembranças. Meio empoeirado, escondido num canto de minha alma, mas ainda cheio de vida. Ali eu guardo os meus momentos mais felizes, os mais tristes, meus sucessos e fracassos, meus enganos e desenganos, os gigantes da minha terra que deixaram um rastro luminoso na minha lembrança, marcando para sempre meu coração. Também os meus amores e desamores, mas, ah… isso é um assunto delicado que deve ser tratado em outra ocasião.

Sacolejava no vagão da "segundona" da antiga E. F. Sorocabana, bitola de um metro, bem menos confortável do que a futurista (para a época) Paulista, com suas reluzentes máquinas elétricas e bitola larga. Mas não tinha jeito, quando esgotavam as passagens na Paulista, a Sorocabana mesmo acabava quebrando o galho. Era eu e minha mãe num banco e o meu pai sozinho no outro. O trem pulava muito, chacoalhava ruidosamente, com aquele barulho típico de ferrovia, mas meu pai, ao lado, não parecia se importar muito com isso. Ao contrário, parecia estar se divertindo.

Logo passava o bilheteiro pedindo os bilhetes para marcar com uma espécie de furador. Então meu pai tirava os três bilhetes do bolso e entregava ao moço, recolhendo depois e guardando os comprovantes para o caso do fiscal solicitá-los. Ao ver o bilhete com um ou mais furos, significava que o fiscal já os tinha verificado e estava tudo em ordem.

Ah, Seu Paulo Fusco… Meu primeiro gigante. Nunca vou me esquecer do seu sorriso tímido de satisfação, meio dissimulado, brincando no canto da boca, enquanto o maldito trem pulava. Dava até a impressão de que estávamos disputando um rodeio sobre trilhos e você, domando sua montaria, satisfeito. Bom, mas o sacrifício valia a pena. Quando tínhamos, então, a sorte de vir "de cabine" pela Paulista era a glória suprema, o máximo de delírio para minha alma de criança.

Chegávamos na estação ferroviária da praça Machado de Melo, hoje tão maltratada, e logo tomávamos um táxi no ponto ali existente, rumo à casa da vovó Branca e tia Dinha, outros dois gigantes, localizada na 13 de maio. Essa é uma das coisas que me acompanham até hoje, a sistemática peculiar adotada há longo tempo para numeração das casas em Bauru. Em qualquer lugar do mundo, quando dou meu endereço, invariavelmente eu tenho que explicar que a numeração "é assim mesmo". O primeiro número equivale ao "quarteirão" e o segundo determina o número da casa. Em minha cabeça, Bauru sempre foi uma cidade assim, certinha, quadradinha ou retangular, organizada, muito "ela mesma".

Ao entrar na casa da vovó era uma festa total, os primos também ali compareciam todos para nos receber. Sabíamos que a tia Dinha sempre tinha uma surpresa a nos esperar, um doce, qualquer coisa. Era a libertação do escravo, no singular mesmo, porque a vida na capital já não era tão tranquila naqueles tempos e eu passava a maior parte do dia "preso" em algum lugar, no colégio ou dentro de casa. Era sempre assim que começavam as minhas férias, isso antes de nos mudarmos em definitivo para Bauru. A mudança representou um marco importante na minha vida, sedimentando de vez em meu coração tudo aquilo que compõe o sentimento de ser bauruense.

Bom, isso tudo acontecia numa época em que a Avenida Rodrigues Alves ainda exibia aqueles enormes canteiros centrais fartamente arborizados, que no calor canicular do verão bauruense proporcionava-nos aquela sombra amiga. Os bancos de granito eram onde costumávamos ficar por longo tempo, batendo papo e apreciando o movimento da avenida, já bastante intenso.

Anos depois apareceu uma praga, uns bichinhos que o povo achou por bem chamar de "lacerdinhas", em criativa e cruel homenagem ao conhecido político carioca Carlos Lacerda. Fato é que o bichinho construía seus ninhos enrolado no meio das folhas e quando algum deles caía nos olhos ardia muito e era preciso lavar abundantemente o local com água limpa. Isso acabou determinando primeiro uma poda geral e, depois, o corte total das árvores, mutilando a avenida, deixando-a com aquele seu jeito desprovido que permanece até hoje. O avançar do tempo e a evolução dinâmica da cidade encarregaram-se de sepultar de vez os canteiros centrais, deixando apenas o negro do asfalto, por onde passam hoje milhares de veículos diariamente. Acho que não tinha jeito mesmo.

Ainda me lembro dos ônibus do "Quaggio" a percorrer a Rodrigues, dobrando a esquerda na Pedro de Toledo, então uma rua calçada com paralelepípedos. Cheguei a andar nos antigos Fordinhos narigudinhos, assim como nos "imponentes" GMC americanos, que logo dariam lugar aos Mercedes-Benz nacionais, mais modernos (será?).

Naqueles tempos, início dos anos 60, um dos grandes "programas" era ir jogar bola no "estradão", que ligava a principal área urbana da cidade ao "campo de aviação". Na verdade, eu não jogava, era muito pequeno, mas fazia questão de acompanhar meus primos e a turma. Ali, naquele areião, foram disputadas renhidas peladas com "bola de capotão", geralmente da marca "Campeão" (a mais barata) ou, em dias especiais, uma "Drible" (a melhor e mais cara), isso até que apontasse o jipinho do "Ponciano", juiz de menores, botando todo mundo a correr, cada um para um lado por dentro do matagal.

Ainda não havia a televisão na dimensão que ela tem hoje, muito menos computador, internet, celular, *smartphone* ou videogame, e achávamos o máximo ir ao cinema, fosse no Cine São Paulo ou no Cine Bauru (o maior e mais barato). Poucos anos depois seriam inauguradas outras casas, o Cine Capri, o Vila Rica, além do São Rafael, que ficava na Vila Bela Vista, hoje quase todos fechados, um deles explorando o gênero pornô.

Nos anos 60, ir à matinê do Cine São Paulo era mesmo a melhor opção para a moçada. As meninas mais bonitas de Bauru iam "em peso" (algumas literalmente), de modo que não havia outro lugar melhor do que a matinê do Cine São Paulo para uma boa paquera. Olhar de longe, um sorriso aqui, outro ali, jogar "beijinhos" feitos de papel de bala (nunca esqueci). Pegar na mão da menina, então, era uma façanha para herói nenhum botar defeito, virava motivo para contar histórias por um longo tempo, gerava "status" no meio da turma.

E lá vinha a musiquinha (que a gente chamava de "prefixo") do velho Cine São Paulo, mas ninguém dava muita bola não. O interesse de todos prendia-se no que estava "rolando" lá dentro. O negócio era chegar antes para pegar um "bom lugar" perto das meninas, senão adeus. Logo depois vinha o noticiário do canal 100, trazendo tudo aquilo que a maioria já sabia, mas de uma maneira diferente. Na parte do esporte, como eles passavam em velocidade mais lenta, era possível, por exemplo, acompanhar em detalhes os dribles de Mané Garrincha, a expressão de moleque no rosto quando fazia mais um de "João". Aí o pessoal ficava mais quieto e, nessa hora, tudo de importante já havia sido decidido, ou seja, "quem rolar, rolou".

Quem fazia a segurança nos cinemas era a saudosa "Guarda Civil" (quem não se lembra?), que enviava um ou mais policiais, vestidos todos em traje de gala (com espadim e tudo), numa impecável farda azul-marinho, para assegurar que tudo saísse em conformidade com a lei e os "bons costumes". Mas isso tudo ainda aconteceria alguns anos depois, em fins dos anos 60. No tempo em que iniciei minha narrativa, ainda havia o *footing* na Praça das Cerejeiras onde, apesar de sermos pequenos, íamos todos, amigos e primos, para observar o movimento.

Quando minha sorte era muita mesmo, aparecia um circo na cidade, desses tradicionais, que armava sua lona, estacionando seus carros coloridos no local do antigo campo do E. C. Noroeste, onde hoje está localizado o moderno prédio do Sesi, na Rua Quintino Bocaiúva. Aí, sim, era para não esquecer mesmo, nunca mais.

Dessas ocasiões, lembro-me especialmente de uma delas, em que correu um boato entre os meninos de que quem levasse um gato vivo para o circo ganharia uma entrada grátis. Seria para alimentar os leões, imagina só. Nós todos saímos à cata dos valiosos bichanos, mas, coincidência ou não, eles acabaram sumindo e a tarefa tornou-se impossível. Depois que o circo foi embora, parecendo até coisa combinada, eles voltavam, sorridentes (ou será que era a minha imaginação?), como a zombar de nós dizendo: "Sabe quando? Never".

Bom, falando em Noroeste, meu coração treme só em pensar que nos anos 60 tínhamos um timaço de meter medo em qualquer um dos chamados "grandes" da capital. Só para dar uma ideia, era a época do saudoso "Toninho Guerreiro", que depois foi para o Santos, onde se consagrou chegando até a seleção brasileira. Com a vida meio conturbada, encerrou gloriosamente a carreira no São Paulo, após colecionar vários títulos.

Corinthians, Palmeiras, São Paulo, todos eles literalmente suavam a camisa para saírem bem de Bauru, considerando o empate uma vitória. Lembro-me bem de um jogo em especial. O Santos veio a Bauru enfrentar o Noroeste, nos áureos tempos de Pelé e companhia, e fizeram uma partida memorável, inesquecível. Corria o segundo tempo, jogo duro, três a três no placar. Pelé entrou na área e, como só ele sabia fazer, contorceu-se todo no ar e… foi ao chão. O juiz marcou pênalti. Daí em diante foi um verdadeiro samba do crioulo doido (com respeito ao crioulo), com jogador correndo atrás de jogador, dirigente correndo atrás de juiz, cassetete e capacete de guarda pra tudo que é lado. A confusão durou mais de uma hora, com os ânimos de todos exaltados, e, no fim, acabamos perdendo por quatro a três.

Para mim, aproveitar essas oportunidades e ir ao campo com meu pai, Paulo, e meus tios (mais gigantes), primos e, às vezes, tias também (porque não havia a violência que existe hoje entre as chamadas "torcidas uniformizadas"), era outro grande "programa". Tio Nelson (vulgo Aimoré) ia meio a contragosto, porque lá no fundo ainda era "baqueano", tinha jogado no antigo "Lusitana", mas acabava também vibrando, meio secretamente, com as jogadas do "vermelhinho".

Como as férias tinham duração limitada, chegava sempre o fatídico dia de ir embora, de voltar para casa, São Paulo, continuar a vida e os estudos. E nesse dia eu partia, de trem ou no "ônibus do Franciscato", ainda com o gosto do guaraná King na boca, do pavê da minha vovó Branca, do pudim da tia Santinha, das peladas na areia do "estradão". Na mochila da alma a lembrança dos amigos, as imagens da Rodrigues Alves, da Praça das Cerejeiras, do jogo do Noroeste, e uma certeza: a necessidade de voltar.

3
O CORNO

Se existe uma verdade no *bas-fond* da boemia é a natural, significativa e fundamental existência do corno.

O corno trata bem e agrada a sua mulher, sempre única, aliás. Ele compra presentes, manda flores no aniversário dela, elogia a roupa dela, diz que ela é uma mulher inteligente, que suas "ideias" têm "profundidade".

O corno briga por sua deusa, mas geralmente apanha do "Ricardão", que na maioria dos casos exibe porte atlético, musculatura de academia, antenado com as novas tendências da moda. Mas, apesar de tudo, o corno não "entrega a rapadura" até o inevitável fim: ser deixado pela mulher. Ele quase sempre sofre muito, porque testemunha a queda de sua deusa do pedestal idealizado e passa a enxergá-la sem a "lente" do endeusamento. Sua deusa passa a ser uma mulher "normal" e o corno literalmente cai numa realidade odiosa, que ele nunca ousou pensar para si.

A parte mais interessante de se ver é quando o corno descobre a traição. Sua cara, a expressão fisionômica, é universal. Os mesmos traços de surpresa, ira, tristeza depressiva, ódio, podem ser encontrados em vários países. Os protagonistas podem ser diferentes em ideias, crenças, estilo de vida, cultura, mas a natureza é a mesma, fácil de reconhecer.

No entanto, apesar de quase sempre ser uma figura marginalizada por ter sido traído, a existência do corno é fundamental para o mundo e a sociedade humana funcionar. Segundo Nelson Rodrigues, traição é um "estágio" pelo qual todos temos que passar antes de morrer.

A figura estereotipada, cínica e tradicionalmente, por uma sociedade machista e patriarcal, é a da esposa, que fica em casa cuidando das crianças, fazendo a comida e lavando a roupa de todos, não é? É aquela mulher que vai fazer compras em supermercado, brigar pelo preço da carne de segunda, dos legumes, dar e levar cotoveladas nos dias de "sacolão". Também aquela de vestidinho surrado, *bobs* na cabeça, esperando você chegar com a comida na mesa, os pezinhos metidos naquele chinelo de "matar baratas", o pano de prato (já de cor indefinida) pendendo no braço.

A rival dela torna-se mesmo uma figura assustadora na mente dela, porque é aquela "outra", também estereotipada, cheia de brilho, biotipo de *crooner* de orquestra, sempre perfumada, corpinho curvilíneo, voz suave e melodiosa na cama, mas que sabe exigir tudo e mais alguma coisa de seu homem.

De fato, mulher de corno é mesmo diferente. Na verdade, o que ele enxerga nela é um sonho, uma eterna promessa que ele insiste em acreditar, uma vestimenta que ele idealiza em seu pensamento e tenta "enfiar" nela a todo custo, ao invés de encarar a realidade quando acontece. E o corno insiste em ser corno por causa disso, por medo de abrir mão de tão valiosa promessa, de uma situação onírica em que ele se sente o gostoso, o desejado, ainda que tenha de pagar caro por isso. Bem lá no fundo das suas crenças inocentes, ele quase sempre força a barra e jura que, de um jeito ou de outro, as promessas da mulher desejada, endeusada, haverão de se cumprir, até o inevitável fim.

Na realidade, na grande novela da vida, existem lugares e papéis para todos. Tem mulher que escolhe, muitas vezes inconscientemente, o papel de ser a eterna promessa para os homens, prestes a cumprir-se, mas que nunca acontece. Assim, vivem de enfeitar-se e perfumar os desejos do seu público masculino, levando o seu encanto, a sua "mágica", para as noites e as mentes das pessoas. Outras escolhem para si o papel de mulher virtuosa, "normal" segundo as convenções sociais, que compõem a manada das figuras "sem-nome", gravitando ao redor das estrelas. Pode acontecer de uma decidir conscientemente alterar o seu papel na vida, a deusa decide virar uma mulher "normal" e vice-versa, conforme as circunstâncias assim o exigirem.

As "Eulálias" da vida (ver capítulo "Eulália") são exigentes, perigosas e, de repente, você pode se ver gritando como um idiota em frente à casa dela, no meio da noite, bêbado como uma vaca (será que vaca fica bêbada?), decidido a mudar o mundo de lugar para você poder entrar. É muita emoção, adrenalina, coragem, medo, desespero, alegria, tristeza, tudo de uma vez.

E aí, meu chapa? Vai "encarar"? Cuidado, hein rapaz, porque, como dizia Vinícius, "são demais os perigos desta vida para quem tem paixão".

4

VIDA BANDIDA

O bar do Oscar fervilhava de gente àquela hora. Todo dia era a mesma coisa, chegando a formar imensas filas das 17h em diante, somente para ter o prazer de degustar o já famoso pastel de carne (gato? Ô língua!) e uma cervejinha bem gelada. Sem falar nas "boas" companhias típicas ali das redondezas, conhecidos personagens indeléveis da paisagem urbana da Avenida Paulista daquele tempo.

O próprio dono do estabelecimento era uma das atrações. Bem, não era exatamente o Oscar, mas a Marcinha, sua mulher. Ninguém sabia como ele havia conseguido tal proeza, pois a menina era cerca de 30 anos mais nova, lindíssima de morrer, enquanto que o "noivo" era feinho, magrinho, baixinho e… careca. No entanto, depois de vários dias (meses) de debates acalorados, a "diretoria" do grupo chegou à conclusão que o Oscar devia mesmo possuir poderosos atributos invisíveis (ou MUITO visíveis), capazes de manter sua mulher sempre apaixonada e imune às milhares de cantadas recebidas. Nem o Elvis, codinome do principal conquistador do prédio, tinha conseguido nada com ela.

É claro que o conjunto principal de atrações eram as fofocas e os mexericos do dia a dia. O velho e agitado "Nações Unidas" rendia, por si só, assunto para muito tempo, e esta história, eu juro que ouvi e vi por lá.

Não adianta você aí, ô leitor, ficar pensando que fui eu, porque naqueles anos dourados eu fazia parte da imensa legião dos FTSP (Frenéticos Trabalhadores de São Paulo). Assim, quando os fatos realmente "calientes" aconteciam, eu, invariavelmente (quase sempre, né?) estava na labuta diária de engenheiro na firma Engecon. Isso mesmo, lá onde também trabalhava a "dona" Isabel (a Bel, Belinha; bem, deixa que outro dia eu conto mais).

Mas só para você não ficar muito chateado comigo, vou revelar o nome da "fera" principal da história de hoje, que, para variar um pouco, era o… Vilela.

Já dizia o velho Nelson (Rodrigues): "O homem nasceu para ser traído". Para não chocar demais as suscetibilidades do eleitorado, ele emendava dizendo que "à mulher estava reservado o mesmo destino inexorável, trair e ser traída".

Mas você já parou para pensar um pouco, por exemplo, no feminino da palavra "corno"? Estranho, não é mesmo? Mas não existe a palavra "corna". O populacho, ávido pelas emoções e paixões da vida mundana, encarregou-se, ao longo do tempo, pelo menos no Brasil, de estabelecer certos conceitos próprios e endeusar os atores e atrizes protagonistas dos dramas do cotidiano.

Logo a seguir vão algumas "pérolas" que ainda hoje podem ser ouvidas por aí:

– Toda mãe é uma santa.

– A mãe do juiz nem sempre é uma santa.

– Homem foi feito para comer todas.

– Mulher (menos a própria e a mãe) foi feita para ser cantada (comida, se possível).

– Quem come mais chora menos.

– O corno é necessário, mas não suficiente.

Mas deixando os pressupostos Rodrigueanos de lado, eis que houve um tempo em que o Vilela andava muito tranquilo lá na Engecon, onde éramos colegas. Nem mexia mais com as moças, muito menos com a Belinha (dona Isabel, Bel etc.), que agora fazia parte do alto clero da empresa. O excesso de tranquilidade do Vilela e sua irritante placidez já estava me dando nos nervos.

Como nós dividíamos um apê lá no velho e glorioso edifício "Nações", eu conhecia o moço bem o suficiente para saber que aquilo não era normal. Agitado como era, seu comportamento não deixava margem a dúvidas. O problema é que eu não sabia o que era.

Entra dia e sai dia e o Vilela com a mesma expressão de idiota estampada no rosto. Parecia mais aquela cara de menino gordinho satisfeito de comercial de farinha láctea.

Um dia, não aguentei mais.

— Vai, meu, desembucha logo. Qual é o rolo?

— Pô, mas que rolo?

Pela resposta e pelo tom de voz eu tive a certeza. Havia algo a mais no ar do que os aviões de carreira (lembra da Isabel?).

— Como que rolo? Você anda muito quieto e feliz. Da última vez me deu um trabalho danado explicar pro Carvalhão (delegado Edgar Carvalho, da 77 DP) que não era você o bêbado seresteiro cantando no meio da noite justo para a mulher do carcereiro.

— Mas é muita marcação, pô! Isso pertence ao passado. Então eu não posso mais ficar feliz que já tem algo errado?

No fundo, eu sabia que tudo era apenas uma questão de tempo, porque o infeliz tinha as pernas curtas da mentira. Quase sempre ele acabava virando personagem de notícia em algum folhetim (lembra do jornal *Notícias Populares*?).

— Tudo bem… Mas vê lá, hein! não vai me arranjar mais encrenca. Dessa vez você vai ter de se virar sozinho.

— Fica frio, JB, que está tudo sob controle. A verdade é que eu só estou me sentindo satisfeito, feliz com a vida. Acho que eu me encontrei.

Então havia mesmo alguma coisa. Aquilo de "encontrar-se" era papo de igreja e o Vilela, bem, o Vilela não era exatamente um religioso. Quando ficava alguma coisa no ar parecia até que as nuvens passavam mais depressa no céu, o tempo "voava", só para provar minhas desconfianças.

O certo mesmo é que no "Nações Unidas", grande como ele só, ocorriam fatos das mais diversas naturezas no dia a dia, uma vez que seus moradores e frequentadores expressavam e representavam com fidelidade um extrato da sociedade de então. Entre os moradores podiam ser vistos desde os primeiros exemplares de Hare Krishna até genuínas prostitutas de bordel (de luxo, né?), o que trazia certa riqueza a tudo o que acontecia por lá. De quebra, isso tudo contribuía para transformar o bar do Oscar num dos pontos mais disputados de Sampa (sem exagero).

Bem dizia o velho Nelson que o fruto proibido é sempre o mais doce, o mais cobiçado, o mais prazerosamente digerido. Talvez por isso os demais seres humanos "normais" (não me mande e-mail perguntando o que é normal porque eu não sei) olhavam com uma ponta de respeito para quem conseguia tal proeza. Que proeza? Pô, a de comer o fruto, ora.

Após alguns dias de nossa última conversa, o Vilela passou a, de repente, dispensar minha carona em meu valente Fusca 62 (branquinho, cor de leite).

— Muito trabalho externo, meu. O povo lá está querendo se vingar de mim. Acho que tem um dedo da Belinha nisso (dona Isabel, caramba). Ela está querendo me provocar.

— Acho que você está é fazendo pouco do meu fusquinha, ou está arranjando confusão, que, diga-se de passagem, eu vou ter que desenrolar depois.

— Não dá, meu… Com o Osvaldão de chefe a coisa tá "russa". Se bobear, dança. Deixa a carona para outro dia porque eu tenho de tirar esse monte de heliográficas (cópias) para amanhã.

Era sempre a mesma coisa, uma cópia aqui, visitar um cliente ali, e o Vilela ia dispensando as caronas. No entanto os puros de alma como eu (juro que era) sabiam, sentiam o "vermelho" da paixão proibida colorindo o ar.

Um belo dia, o Vilela não foi trabalhar. Simplesmente sumiu.

Tinha ficado no "Nações" porque ia almoçar com um cliente e pegar uma pasta com os dados para um novo projeto da empresa. O Osvaldão estava uma "arara".

— Ô JB, onde é que está aquele ensaboado do Vilela? Não há meio de esse cara parar quieto na firma. Sempre inventa alguma coisa pra fazer fora e dá um jeito de sumir. Assim não dá.

— Pô, Osvaldão, ele não está almoçando com um cliente? Aquele da pasta de especificações para o edital?

— Esse é o problema. Então, só para pegar a tal pasta ele já armou um almoço, reunião e coisa e tal. Não é pra tudo isso. O projeto já está "acertado" faz tempo.

Já começava a sentir um cheiro de chifre queimado no ar.

— Olha, se você quiser eu posso dar um toque nele.

— Não, tudo bem, mas fala pra ele "se mancar", dar um tempo nesse não-sei-o-quê que ele anda fazendo, porque já está começando a "encher".

O cara estava mesmo contrariado. Como não parecia urgente decidi que, na volta, teria uma conversa séria com a "fera".

Mais uma meia hora e recebo uma ligação da Ana "Botafogo", namorada de Vilela.

— Oi, JB. O Vi está por aí?

Essa é outra das peças que a natureza prega de vez em quando em nós, humanos.

A Ana "Botafogo" não era "Botafogo" por causa de nome de família, mas porque era uma mulher lindíssima, a morena mais bonita deste lado do Atlântico (porque o outro eu não conhecia). Assim, o pessoal da "tchurma" dizia que ela botava fogo até em caixa d'água e, com o tempo, o "sobrenome" pegou. Uma mulher para seiscentos camelos que, pasmem, simplesmente idolatrava o tal do "Vi", o sacana do Vilela, que, ainda por cima, também não era bonito pelos padrões vigentes no eleitorado feminino da época.

O Vilela tinha mesmo uma estrela para conseguir um mulheraço daqueles, ainda por cima apaixonadíssima, para enfeitar seus dias (e noites).

— Oi, Aninha. O Vilela não está. Ficou lá no "Nações" porque ia almoçar com um cliente.

Pensei comigo que, se fosse do gênero feminino, o Vilela poderia bem estar almoçando a CLIENTE.

— A mim ele disse que estava doente, mas como esse seu amigo é muito sem-vergonha, fui conferir lá no apartamento de vocês e não encontrei ninguém. Por isso estou ligando para ver se ele está aí.

Já era demais para mim. Alguma coisa tocou no meu cérebro, dizendo-me que tinha chegado o dia da revelação do mistério.

— Ô Aninha, vou dar mais uma olhada por aqui, mas é quase certo que ele não está. Qualquer novidade te ligo depois.

Mas que olhada nada. O desfecho deveria estar acontecendo lá no "Nações" e, de novo, o "cara pálida" aqui teria de livrar a cara do "inocente" amigo do peito. Peguei meu fusquinha no estacionamento e voei pela Consolação, dobrei a Paulista e entrei na Brigadeiro, já pressentindo a cor do "crime" no horizonte.

Chegando ao bar do Oscar, não deu outra. A multidão que lotava o lugar não dava margem a dúvidas, tampouco as duas viaturas da "Civil" estacionadas defronte ao prédio. O tumulto era geral, o burburinho do falatório era ensurdecedor, comentários assustados sobre quem seria, quem não seria, o que tinha ou não tinha "rolado", onde estava a ambulância.

Uma senhora de idade, moradora do 711, declarou ter ouvido um tiro sendo disparado no corredor, e outro jurava ter visto um corpo cair pela janela.

Saber alguma coisa nessas condições era tarefa quase impossível.

O Carvalhão não queria nem conversa.

— Ó meu, não vem não, porque se esse seu amigo estiver no meio eu prometo que vou deixá-lo aos cuidados do carcereiro Alcides. Você acha que ele engoliu aquela sua história do sósia?

Lembrei de que, naquela ocasião, depois do puta esforço que fiz para livrar a cara dele no distrito, o filho da puta do Vilela, cara de pau, ainda me perguntou: "Pô, JB, e o pezinho dela? Você viu o pezinho dela?".

— Mas ele está envolvido no quê? A esta hora ele deve estar no trabalho.

— Então por que você está aqui? Também trabalhando?

— Mas anda, conta logo o que é, vai.

— Só posso dizer que é coisa feia, adultério, rolo feio. Do tipo que vira crime passional. Parece que o maridão chegou em casa, encontrou o Ricardão na cama com a mulher e o pau comeu. Aí, algum vizinho ficou incomodado com o barulho e "deu parte". Como se trata de uma senhora casada, viemos aqui para evitar um mal maior, levar todo mundo pro distrito e esfriar os ânimos.

— Mas escuta aí, ô Carvalho... Você acha que o Vilela...

— Não sei. O pessoal já vai descer e logo vamos saber.

A massa humana começou a movimentar-se em direção aos elevadores, o que indicava um desfecho próximo para aquele drama anunciado e prenunciado.

A porta abriu-se e... rebate falso. Eram "apenas" moradores dos andares mais altos que desciam para saber o que estava acontecendo.

— Ô Carvalho, se você está aqui, quem está lá em cima?

— Você acha que eu ia subir lá? Subo em favela dez vezes por dia se for preciso, mas cena de adultério é outra coisa. Quase sempre tem muita emoção envolvida e é bala pra tudo que é lado. Mandei o Vianinha com os homens.

Vianinha era o subdelegado, moço novo, advogado recém-formado, boa gente, mas não sei se seria o mais indicado nesse caso.

Outro alarido. Agora era pra valer.

O povão agitava-se, nervoso. Quem seria?

Era a mulher que descia, dona Ivone, um belo exemplar de fêmea verde e amarelo, sorrisinho meio maroto brincando indeciso no canto dos lábios. De repente, a malta explode numa salva de palmas, assobios, gritos de guerra.

— Vai, linda! Meu amor! Fiu-fiuuuuuuu!

— Pedaço de mau caminho! Bem que eu dizia que o Osório não te merecia!

— Vem, benzinho! Cama, comida e roupa lavada.

Osório era o nome do "cujo", feliz proprietário de um par de cornos novinhos em folha.

Então a mulher sorriu, primeiro tímida, depois abertamente. Era uma heroína, afinal. Assim dizia a voz do povo.

Mesmo uma ou outra (bem mais de uma) das mulheres casadas "de papel passado" do lugar não conseguia disfarçar uma pontinha de aprovação e... um pouquinho de inveja (talvez apenas as mal-comidas, né, Nelson?).

Dona Ivone entrou na primeira viatura em triunfo. Só faltou dar entrevista e autógrafo.

Mais agito, outro elevador abriu as portas e lá veio o coitado do Osório, o "corno" do dia, fisionomia contrafeita, bravo.

A multidão explodiu em vaias, com apupos, ofensas, bolinhas de papel e pipocas sendo atirados em sua direção.

— Vai, corno, filho da puta!

— Agora só falta virar viado!

— Vai, guloso! Criou bem e criou para os outros!

— Vai, delegado! Bota ele no pau de arara!

Quem chegasse naquela hora não entenderia quem era a vítima ali.

E foi uma luta para o tal de Osório atravessar aquela massa humana até chegar à outra viatura. O pessoal jogava o "corno" e os guardas pra lá e pra cá, atrasando o caminho e atormentando o dito cujo.

Finalmente tinha chegado a vez do derradeiro personagem do triângulo amoroso. Abriu-se a porta do outro elevador e lá veio ele, impávido... o Vilela, como se nada tivesse acontecido, ar de vítima, como se tudo aquilo nada tivesse a ver com ele, um engano talvez.

Nisso, o contingente humano observou por instantes o pivô da história e, então, prorrompeu em aplauso ensurdecedor.

— Aí, negão! Passou bem, hein!

— Olha, meu... O cara tem jeito de comedor mesmo!

— Puta merda! Com esse cara na parada o Osório não tinha chance.

Aplausos, assobios, tapinhas nas costas, copos de cerveja oferecidos, vários pastéis.

Ao lado, disputando espaço, adivinhe o leitor quem aplaudia freneticamente?

A Aninha "Botafogo", ela mesma, feliz e radiante.

— Ô, amor... Deixa eles que eu te perdoo. Foi culpa minha.

E chorava rindo e rindo chorava.

E passou o herói do momento, carregado nos braços dos presentes, como Getúlio Vargas nos bons tempos, juras de amor secretamente prometidas por outras tantas, piscadinhas às escondidas, bilhetinhos colocados em seu bolso. Até uma oferta de emprego o sujeito recebeu.

Puta que o pariu! O Vilela era o homem do dia.

Então agora, meu caro leitor *homo sapiens*, procure entender o que aconteceu.

Para finalizar, se havia apenas duas viaturas da "Civil" presentes no local, como é que o Vilela foi pra delegacia?

No meu fusquinha, é claro.

Eu, o Carvalhão, o Vilela e... a Aninha "Botafogo".

5

DONA IZABEL

Izabel era uma moça fina, de bela estampa, mas séria. Logo se notava que por trás daqueles óculos de aro de tartaruga escondiam-se olhos firmes e decididos, típicos de quem levava a vida e o trabalho muito a sério.

Geralmente comparecia ao trabalho sempre trajando um vestidinho discreto, formal, reto, cores neutras, exatamente o que se esperaria de uma moça honesta (até demais) trabalhando em um escritório de engenharia no centro velho de São Paulo.

Bem, naquele tempo até que o centro não era tão velho assim. Muito pelo contrário, a Sete de Abril, a Barão de Itapetininga e imediações ainda concentravam o grosso dos negócios, de tudo o que acontecia naquele ano de 1968.

Ano bravo aquele. AI5, ditadura militar, repressão, tudo que um país sério não precisa para se desenvolver.

Mas vamos ao que interessa. Vilela e eu, praticamente recém-saídos da faculdade de Engenharia, da vida boa e tranquila como convém a uma cidade do interior paulista, trabalhávamos agora suando a camisa (e os diplomas) para uma grande empresa de engenharia, a Engecon (claro que o nome verdadeiro não é esse, certo?). Localizada em um andar intermediário de um grande edifício da Rua Sete de Abril, a empresa concentrava seus funcionários das seções de projeto e de apoio administrativo, em uma área claramente subdimensionada. Desse modo, vivíamos nos acotovelando pelos corredores o dia inteiro, atrás disso ou daquilo. Minha prancheta de desenho ficava logo ao lado da do Vilela, razão pela qual vivíamos comentando os acontecimentos de dentro e de fora do escritório.

Eram tempos difíceis, de "Brasil grande" como diziam os generais, mas o corre-corre na Maria Antônia e na Xavier de Toledo, o grande aparato diário de policiais de todas as cores, tamanhos e formatos, com cachorro, sem cachorro, dentro e fora dos brucutus, não dava margem a dúvidas. Alguma coisa de estranha e malcheirosa estava acontecendo com o país.

Virtualmente recém-saídos das fraldas da nossa adorada universidade, ainda tínhamos correndo quente nas veias um pouco daquela porção do saudável veneno, aquela visão de raio-x que usávamos para adivinhar os contornos das mulheres nas ruas.

Naquela época, o salário de um engenheiro recém-formado ainda valia alguma coisa, muita coisa para dizer a verdade, e vivíamos à larga a nossa recém-conquistada alforria das agruras e da vida dura (em todos os sentidos) de estudante do interior.

Para jovens como nós, aquela empresa era uma secura. Não tinha nenhuma, nenhuminha mulher bonita, ou mesmo que se pudesse dizer gostosa, e aí já viu, né? O que caísse na rede era peixe.

— Porra, Vilela, a dona Izabel está gostosinha hoje, né?

— Quê isso, meu! Larga de ser caipira. Dona Izabel é mulher séria, não dá nem para pensar essas coisas. Olha só a "pinta" dela.

De fato, Vilela tinha razão. Não dava para alimentar muitas ilusões. Só de olhar para a mulher já vinha aquele sentimento de coroinha na missa do padre Ambrósio, lá em Botucatu (muito longe, certo?).

— É, meu… Acho que estou ficando a perigo. Achar a dona Izabel gostosa só pode ser desespero.

— Pois é, meu chapa. Ontem você não quis ir com a turma lá no La Licorne. Depois dá nisso aí. Não come ninguém e fica delirando.

Eu estava "na ceva" de uma vizinha lá no lendário Edifício "Nações Unidas", esquina da Paulista com Brigadeiro (situou?), a Mariazinha. Era uma gatinha, também do interior, Araçatuba, se não me engano, dona das curvas mais espetaculares que um caipira como eu tinha visto uma vez sequer na vida.

— Tá bom, Vilela. Sei que você quer comer a Mariazinha, mas nem vem que não tem (lembra do Simonal?), aquele monumento já tem dono. Quem vai rezar missa naquele altar é o padreco aqui.

— Tudo bem, mas enquanto isso a "dona Palminha" sofre, né?

Muitos risos, mais até do que eu desejaria, mas ele não perdia por esperar. Queria passar de carro na frente dele, com a Mariazinha do lado, depois que eu conseguisse convencê-la a passar uns dias comigo numa quitinete de uns amigos lá em Santos. Naqueles tempos, passar um fim de semana em Santos era um belo programa.

A tarefa era difícil, mas o prêmio valia a pena. Sozinha, sem compromisso, morando há pouco na cidade grande, jovem como eu, com tanta ou mais vontade de viver a vida, era só uma questão de tempo que logo estaria resolvida a questão. Enquanto isso, encarava o tempo de "seca" amorosa como uma privação sacerdotal, típica de monges budistas, de peregrinos a caminho de Santiago de Compostela, em busca das respostas cósmicas para as grandes questões filosóficas da humanidade. As minhas respostas não eram tão cósmicas assim nem muito filosóficas as minhas questões. Porra, eu queria porque queria comer a Mariazinha e pronto. Muito simples, certo?

— Além do mais, JB, não sei se você sabe, mas a Mariazinha está comprometida.

Fiquei pasmo com a tentativa de golpe baixo.

— Ah vai, Vilela! Para com isso. Você só fala assim porque perdeu a parada, porque a gata prefere o gatão aqui. Já escarafunchei a vida toda da "mina" e isso aí não tem nada de verdade.

E fez aquele ar de convencimento que me deixava louco da vida, antes de responder.

— Então tá, o tempo vai dizer quem tem razão.

Vez por outra almoçávamos no Almanara, ou até no Paddock, lá na esquina da São Luiz com a Consolação, para ver o "material" importado que, quase sempre, "pintava" por lá. O "alto clero" da companhia invariavelmente frequentava o local, porque tinha "carvão" para queimar. Nós, só mesmo sabaticamente.

Um belo dia, estávamos sentados após o almoço, preguiçosamente, recuperando as energias, Vilela, eu e Mariazinha, quando vimos entrar o doutor Libório, Alcides e... dona Izabel.

A mulher não tinha mesmo muitos atrativos aparentes ou sugeridos e, por isso, merecia ser chamada de "dona" Izabel. Se fosse bonita, linda de morrer, seria Belinha, ou Bebel, ou mesmo simplesmente Bel após uns papinhos agradáveis. Mulher feia vira "dona coisa" rápido, já reparou? Chamar de "dona" tinha o mesmo efeito que hábito de freira, espanta até morto.

— Olha só, JB, quem está almoçando com o doutor Libório. A Izabel a gente entende, mas... o Alcides?

— Pô, Vilela, mas por que a surpresa? Você sabe que é o maior puxa-saco da engenharia. Não podia dar noutra coisa.

Mariazinha preparou-se para levantar, ou melhor, "decolar" aquilo tudo.

— Bem, meninos, pelo jeito vai começar mais uma daquelas suas sessões de fofocas, não é mesmo? Pena que meu tempo acabou. Preciso ir, senão já viu.

Olhei "aquilo tudo" com olhos de quem procura a sobremesa.

— Mas já vai, princesa? Agora que a coisa estava ficando interessante. Não esqueceu nada?

Ela entendeu minha indireta, ou vingança contra as alegações do Vilela.

— Tchau, meninos. Amanhã nos vemos.

Levantou-se, fez menção de retirar-se, mas logo deu uma volta graciosa e veio taxiando em nossa direção, olhando marotamente para meu companheiro.

Ah! Ia me esquecendo... Não tenho compromisso não, viu, "Seo" Vilela.

Piscou um olho para mim, divertida, e esvoaçou sua lindeza para o mundo lá fora, deixando a todos nós ainda suspensos por instantes no perfume de sua presença.

— Pô, seu bandido! Então você contou para ela o que eu disse sobre o compromisso?

— Quem não deve não teme, né? De mais a mais, acho que nós estamos planejando um programinha para o primeiro fim de semana do mês que vem. Quem sabe você não quer ir conosco? Acompanhado, é claro.

— Caramba! Então já descontou a fatura? Já comeu?

Os olhos do Vilela arregalavam-se de uma forma peculiar toda vez que sentia cheiro de aventura no ar.

— Espera, meu. Também não é assim. A moça é especial, você viu. Não é chegar e comer. Tem de trabalhar o pedaço, usar a engenharia, entendeu?

— Tá bom. Só não demore muito para não preparar a obra de engenharia e depois os outros usarem.

— Que isso, meu! Confio no meu taco. Mas o que me diz do Alcides ali? Qual é a dele, afinal?

Vilela coçou a barba, pensativamente.

Eu já tinha visto esse gesto antes, sempre que alguma coisa estava para ser revelada.

— Por que você sempre pensa mal dos outros, JB? Às vezes eles foram convidados pelo doutor Libório para almoçar, simplesmente para fazerem companhia uns aos outros.

Depois dessa, eu sabia mesmo que havia algo mais do que simples aviões e pássaros no ar.

— Para com isso, Vilela. Comigo não, violão. Tem perto de 50 pessoas graduadas lá na firma que ele poderia convidar ao invés dos dois. Além disso, conheço o tipo do Alcides. Não faz nada sem um motivo especial.

— Sei lá. Mas você deve ter razão. De vez em quando tenho visto aquele cara dando uns sorrisinhos estranhos para a dona Izabel.

Fiquei pasmo. Nossa mãe, a dona Izabel, a freira em potencial, o cilindro de concreto que trabalhava lá na seção?

— Agora você está extrapolando, Vilela, chamando o Alcides de avestruz. O cara é chato, mas nem ele merece tal suspeita. A mulher é muito esquisita, estranha, sem nada para oferecer. Tem que ter muita imaginação para extrair alguma coisa daquilo lá.

— Quem sabe, JB? A vida é plena de surpresas. A menina feia de ontem será a miss Brasil de amanhã. Quem sabe nosso amigo avestruz não viu algo ali que nós não vimos?

Nesse mesmo dia voltamos para a seção e logo fomos todos chamados à sala de doutor Libório. Estavam lá Izabel, Alcides, doutor Libório, o Vilela e eu, além dos outros funcionários da seção.

Quem falou primeiro foi o velho Libório.

— Bem, devo fazer uma comunicação importante para todos, principalmente porque daqui a mais ou menos uma semana dona Izabel não estará mais aqui conosco na firma.

Poxa, pensei comigo, será que mandaram a bruxa embora? Mas, então, por que aquele sorriso beócio no rosto do pessoal?

— Como sabem, chega um dia na vida da gente que uma decisão importante deve ser tomada e, neste caso, posso dizer que tal ocorreu de forma surpreendente para mim, como está sendo para todos aqui. Eis que nesta manhã, o engenheiro Alcides aqui veio me comunicar tal decisão e pedir meu conselho a respeito.

Nunca imaginei que o velho Libório tivesse talento para o suspense, mas o fato é que estávamos todos na maior ansiedade. Os fofoqueiros de plantão estavam com a língua seca de vontade de falar.

— Pois muito bem... Sei que estão curiosos e, assim, sem mais delongas, vamos ao motivo desta comunicação. O Alcides aqui veio me participar de que ele, mais a senhorita Izabel, resolveram se casar no início do mês que vem. Além disso, convidaram-me para padrinho, o que aceitei prazerosamente.

Um "Ohhhh" geral tomou conta das "arquibancadas".

— Mais ainda, como são necessários dois padrinhos, tomei a liberdade de sugerir aos dois o nome do nosso engenheiro Vilela, aqui presente, devido a longos laços de amizade entre ele e o noivo desde a universidade.

Olhei para o Vilela, meio divertido, mas mudo de espanto. Então eram "amiguinhos" da universidade, não é? Como o mundo gira e a Lusitana roda, hein?

— Tenho plena certeza de que, assim fazendo, ambos serão felizes. Portanto desejo aos pombinhos uma vida plena de realizações e de virtudes. Minha satisfação só não é completa porque não poderemos mais contar com a competência da senhorita Izabel em nossa empresa. Mas fazer o que, não é mesmo?

Voltamos para casa e o Vilela mudo que nem um peixe.

Tá bom, Vilela, não quer falar, não fala, mas que foi de repente, isso foi.

— Pô, JB, gozar tudo bem, mas não tripudia não. O que você queria que eu fizesse? O próprio Libório me fez o convite lá na frente de todos. Não tem jeito, vou ter que ser padrinho dos dois.

— E a bruxa, hein? Desencalhou! E logo com quem, o Alcides.

— Aí deve ter coisa, JB. A dona deve ter alguma arma secreta guardada e que nós não sabemos.

Fomos dormir naquela noite com muitas interrogações não respondidas, mas a vida continua e logo estávamos de novo na "caça" e na nossa rotina de famintos ex-internos recém-libertos do claustro universitário.

Um belo dia, Mariazinha deu o ok final. Ela concordou, enfim, em passar comigo o final de semana na quitinete do meu amigo Jesse (de Jesse James, rápido no gatilho), lá no Guarujá. Eu teria de pagar um tanto a ele, mas o "material" valia a pena. Ela deixou claro que só ia comigo se fosse para um lugar diferente, chique:

— Quê isso, JB, ir pra Santos? Quem você pensa que eu sou? Só falta agora pedir para eu levar o frango e a farofa. Sai dessa, meu.

— Ô, linda, mas de lá a gente vai passear por tudo quanto é lugar. Vamos lá na Ilha Porchat, Saldanha da Gama.

Não adiantou nada. Tive que descolar o "matadouro" do Jesse, no Guarujá, porque senão a coisa ia "gorar". Eu não queria correr esse risco, portanto paguei alegremente.

Quando chegou o tão esperado dia, acordei mais cedo do que de costume, tomei um banho caprichado e aproveitei para tirar um último sarro no companheiro.

— E aí, chapinha? Como é que é? Arrumou companhia? Nós dois, eu e o "boeing" lá do 602 vamos decolar com tudo pro Guarujá. Passar momentos deliciosos no paraíso do amor.

— Tudo bem, eu mereço. Vou dar uma chegada lá em Botucatu. Estou de saída. Tchau mesmo. E aproveite bastante lá o seu "boeing". Depois me conta tudo para eu ficar com água na boca, ok?

— Pô, Vilela, você não ficou chateado, né? É tudo brincadeira. Mas que é melhor do que ser padrinho da bruxa, lá isso é.

— Tá bom, goza bastante que eu mereço. Tchau.

Meu amigo levava tudo na esportiva, eu sabia disso, razão pela qual não fiquei preocupado e passei a concentrar-me nos preparativos para a sonhada viagem ao merecido paraíso enfim conquistado.

Mala com pijamas, cuecas, meias, escova de dentes, tudo muito convencional. Mas para que cuecas e calção se não vou sair da cama com a deusa, pensei. Vai ser a "trepada" do século, daquelas de ficar na história do condomínio.

Tudo pronto, passei a mão na bagagem e dirigi-me até o estacionamento, onde Mariazinha já me esperava ao lado de meu valente Volkswagen último tipo, branquinho de leite.

— Oi, benzinho. Tudo pronto?

— Tudo, linda. Agora só falta chegarmos ao nosso éden para tomarmos a felicidade que é nossa por direito.

Saímos da garagem do velho "Nações" e "mandamos bala" rumo ao Ipiranga, onde pegaríamos a Anchieta em direção ao litoral.

Estávamos quase na descida da serra quando me lembrei de que tinha esquecido algo importante. Minha pasta "007", novinha, inseparável, na qual carregava meus documentos e, sobretudo, dinheiro. Sem ela estaria perdido, seria um final de semana do diabo tentando convencer todos os restaurantes e postos de gasolina a me darem crédito. Aceitar dinheiro da Mariazinha, então, nem pensar. Vivíamos num mundo machista e eu, como macho da espécie, jamais dormiria sossegado sabendo que estávamos dependendo do dinheiro dela. Resolvi voltar ao apartamento para pegar a maldita pasta.

— Ô JB, só falta esquecer a cabeça, não é? E agora? Vai demorar muito. E se alguém nos vê entrar lá assim, juntos?

— Não vai demorar nada. Só vou subir correndo, pegar a pasta e voltar.

Estacionei o valente fusquinha em frente ao prédio e notei, antes de subir voando pela escada (o elevador estava no último andar), o risinho sugestivo do "Seo" Alfredo, porteiro centenário (e difusor de notícias) do local. Cheguei ao 10º andar e, estafado pela corrida, lentamente abri a porta de serviço, entrando pela cozinha. Pronto, lá estava ela. Tinha deixado a miserável pastinha em pé, perto da porta da cozinha, e simplesmente esqueci de pegá-la na pressa de sair.

De repente, percebi uma música tocando suave. Ora, bolas, mas a música vinha da sala do MEU apartamento. O Vilela tinha saído, eu tinha saído, então quem teria, àquela altura, ousado entrar sem licença ali e, ainda por cima, ouvir meus preciosos discos do Roberto Carlos?

Hesitei um pouco. E se o cara estivesse armado? Talvez fosse melhor chamar a polícia. Era uma "sinuca de bico", porque a Mariazinha estava a me esperar lá no carro. O tempo urgia e eu tinha que tomar uma decisão.

Resolvi, pelo menos, saber antes quem era o ousado visitante. Ladrão não deveria ser porque se fosse, qual a razão da música?

Havia um biombo logo na saída da cozinha para a sala e esgueirei-me por trás dele, sorrateiro, buscando uma posição e um pequeno buraco que eu sabia haver no tecido, para tentar ver o que estava acontecendo.

Quase caí de costas. Nunca imaginei ver coisa parecida em toda a minha vida.

Um casal totalmente nu dançava tranquilamente no centro da sala, por cima do nosso "persa", disquinhos na "sonata". Era um abraço efusivo, daquele infernal, parecido com dois polvos se beijando. Um rapaz moreno, bastante parecido com… mas era o Vilela, que, numa reviravolta incrível, reaparecia na cena há pouco abandonada.

A mulher, de corpo extraordinariamente voluptuoso como uma cobra jiboia, era sustentada e dava sustento ao meu amigo, quedando e bamboleando os dois ali, abraçados, dando asas aos sentidos liberados.

Levei um certo tempo para identificá-la, mas logo veio a outra grande surpresa do dia. A mulher era… pasmem, a dona Izabel. Minha nossa! Perdi na hora todos os meus conceitos de pudor eclesiástico e foi como um rearranjar das peças dentro do tabuleiro de xadrez da minha cabeça.

Depois desse dia, pensei, nada mais seria o mesmo dentro de mim. Então o miserável do Vilela e a… dona Izabel. Dona? Dona coisa nenhuma. Com um corpaço daquele, que faria a minha Mariazinha lá embaixo parecer um teco-teco, era Bebel mesmo, Belinha ou mesmo Bel. Bom, depois de comer vira Bel, né?

Saí tão furtivamente como entrei e desci, Deus sabe como, os degraus, até entrar no meu carro, onde Mariazinha esperava-me com todas as interrogações do mundo no rosto.

Contei tudo a ela com tanta veemência, toda a veemência do mundo, que penso ter dado a impressão de alguém prestes a ter um infarto.

— É, linda... Dessa vez o Vilela me derrubou.

— Pô, JB, a mim também. Então a bruxa lá virou princesa, hein?

— Agora só falta você virar bruxa, meu bem.

Quase apanhei de volta, mas passamos um fantástico fim de semana juntos, em que todas as nossas expectativas foram plenamente justificadas. Ainda mais agora, apimentadas com a mais nova do Vilela.

Na segunda-feira, lá estava eu de manhã, chegando ao nosso apartamento. É lógico que ele, esperto como ninguém, tinha percebido que eu estava olhando por trás do biombo.

— Vai, Vilela, seu salafrário. Conta tudo logo. Você não tem vergonha, não? Que espírito de companheirismo é esse, meu chapa, não conta nem para o irmão de fé aqui?

— Eu não podia, JB. Era muito bom pra ser verdade. O material era de primeira. Além disso, caso não saiba, a distinta é filha do sócio do velho Libório, aquele que morreu o ano passado. É a herdeira, meu, daí o interesse do Alcides.

— Caramba! Mas isso muda tudo, ou melhor, tudo se encaixa. Mas e você nessa história?

Vilela coçou a barba naquele seu gesto característico.

— Tá bom, vou contar.

Tomou fôlego, olhou para o teto, suspirou mais uns instantes, claro que para me deixar mais curioso ainda.

— Na verdade, JB, eu comecei a comer a Izabel logo no primeiro dia que ela foi trabalhar lá na firma. Pô, meu, um monumento de mulher, sobe pelas paredes, faz zum-zum que nem abelha no ouvido, pura adrenalina na veia. Percebi logo de início que por baixo daquela máscara toda certamente havia um vulcão pronto a explodir. A única coisa que fiz foi criar as condições propícias: uma coisinha aqui, outra ali e… deixá-la explodir.

— Então suas saídas com a turma à noite eram só para encobrir.

Piscou um olho para mim, velhacamente.

— Claro, meu irmãozinho, senão poderia estragar tudo, não é?

Assim, agora havia muito mais do que laços de amizade entre o padrinho e os noivos. Fico imaginando até hoje a cena do casamento dos dois pombinhos, Izabel e Alcides, no outro dia, com o velho Libório e o impávido Vilela lado a lado, testemunhando o glorioso enlace.

A menina feia de ontem será a miss Brasil de amanhã. Nasceu um novo padrão em minha mente e, mentalmente, pedi perdão ao padre Ambrósio e a todos os pilotos de "Boeing" do planeta. Os céus do Brasil nunca mais seriam os mesmos.

6

EULÁLIA

Naquele dia estava tudo meio confuso.

O mundo acordou como normalmente faz, mas parecia que cada coisa tinha acordado numa hora diferente.

Zero, o japonês da xerox, veio me avisar que o chefe estava procurando pelo "astro" do time, o Vilela. Como o prezado leitor já deve saber, nosso amigo havia adquirido grande reputação em nossa empresa, principalmente junto a nós, mortais, frequentadores do *bas fond* paulistano.

O episódio envolvendo dona Izabel (Belinha, lembra?) tinha "corrido o mundo" como um rastilho de pólvora e agora, em função disso, tanto o Vilela como a Belinha habitavam e percorriam o imaginário de todos com histórias, reais ou fictícias.

— JB, tem boi na linha, né? Osvaldão está atrás do Bié (outro apelido do Vilela, usado apenas por aqueles que faziam parte de seu círculo de confiança.

— Alguma novidade?

— Sei lá, né. Deve ser mania de perseguição. Chefe tem dessas coisas, né.

Zero era um japonês especial. Era Nissei, tinha orgulho em dizer, filho mais velho de um homem austero, bravo e trabalhador, quase uma imagem do japonês "padrão".

Segundo amigos, "Seo" Nakamura tinha lutado na guerra, fiel ao imperador, sendo ferido por um balaço na perna. Veio contrariado para o Brasil, jurando voltar para sua terra assim que as coisas "voltassem ao normal", quando o imperador recuperasse seu antigo poder e governasse de novo, tal como sempre foi e de acordo com os desejos divinos.

Bem, "Seo" Nakamura nunca mais voltou. O tempo passou e ele acabou morando num pequeno apartamento no bairro da Liberdade, com sua mulher e cinco filhos. Zero era um deles.

Também muito amigo do Vilela, o japonesinho sempre tinha uma garrafa de scotch (JB) escondida dentro da máquina xerox, da qual nos servíamos muito secretamente de vez em quando. Na verdade, era um segredo que todos faziam de conta que não sabiam, até mesmo o engenheiro-chefe, o Osvaldão.

No mais, além de ser mestre-sala na Vai-Vai contra todas as expectativas, Zero gostava de dançar samba e gafieira, sendo figura fácil na famosa "Sandália de Prata". O "Sandália" foi muito importante certa época na formação da vida boêmia da cidade, atraindo e aglutinando todo tipo de solitário e notívago, que lá acabavam aportando em busca de um lugar para se divertir. Não raro, acabavam se apaixonando (sempre loucamente, incrível) por alguma das "meninas" de lá, dando origem a muitos casamentos.

Mas é preciso dizer que a "casa" era séria até onde podia ser, adotando certas regras de conduta como toda boa casa noturna. Nada escrito, mas entendidas e respeitadas por seus inúmeros frequentadores. Os "leões de chácara" eram a garantia de uma boa noite de diversão, tudo no "respeito".

Vilela e Zero eram presenças constantes, com direito a certo tratamento preferencial, mesa cativa e outras regalias conquistadas ao longo dos anos que, apesar de pequenas, tinham um significado próprio. Lembro-me bem de um episódio envolvendo o "nosso" japonês, que ficou marcado na lembrança de todos nós.

Eis que um belo dia (noite), o Zero se apaixonou perdidamente pela bela *crooner* de uma pequena orquestra que lá se apresentava. Acontece que uma das regras básicas da casa era a total proibição de qualquer envolvimento entre os "artistas" da casa (músicos, garçons, *dancing girls* e outros) e clientes. Se o caso fosse descoberto, o funcionário era demitido por Andrezão, um dos donos do estabelecimento. Era um negro enorme e de aspecto tal que não inspirava muitos arroubos de valentia por ninguém. Eu sempre dizia que esse cara podia doar sangue no zoológico, porque ele era um verdadeiro "animal". Assim mesmo, apesar do risco iminente e talvez por causa disso, vez por outra acontecia algum "casamento" entre algum dos clientes e uma das meninas.

Mas acontece que o Zero e Eulália, *crooner* do conjunto, caíram de amores um pelo outro e embarcaram num tórrido romance. Era belo e engraçado ao mesmo tempo, Zero baixinho e Eulália magrinha e alta. Ambos formavam um par difícil de não notar.

Não deu outra. Passou uma semana e o Andrezão, quando soube, encarregou-se de aplicar a regra básica da casa. Demitiu a cantora debaixo de uma série de conselhos e broncas, sem falar nas ameaças de não recomendar a moça para cantar em outras casas noturnas.

No dia seguinte, chega o japonês todo choroso na empresa.

— Pô, Bié... Andrezão foi muito duro com Eulália, né? Não era pra ser assim.

— Eu disse que ia pintar sujeira. Muita "bandeira", né, japonês? Na próxima vê se ti manca.

— Pô, mas nós fomos discretos, tomamos muito cuidado. Quem é que contou pra ele?

Eu só olhando, testemunha involuntária.

— Discreto? Ô JB, olha o discreto aqui: um japonês baixinho e uma magrela alta. Ainda por cima uma mulata de fechar o comércio. Te manca, ô japonês. Claro que alguém ia perceber. Onde você queria chegar?

Zero estava inconsolável.

— Bié, foi mancada, né? Não tem jeito mesmo?

— Mas que jeito? Você conhece o Andrezão. Falou e tá falado, viu.

— Mas eu tô apaixonado, né. Fala com ele lá, com esse seu papo de "amansar doido". Ele te respeita. Diz que você traz dignidade pro local.

Mas era o fim da picada. Justo o Vilela trazia dignidade para o "Sandália". Já imaginou?

— E você quer que eu coloque em risco o meu status lá dentro? Pô, japonês, eu nem pago mais para dançar, ensino danças de salão para as *girls* novas no pedaço. Você acha que eu vou dar a cara a tapa lá no Andrezão? Corta essa, meu.

Naquele dia, a qualidade das cópias piorou visivelmente. Documentos quase ilegíveis, falta de tinta, folhas em branco, cópias duplas, um caos. E de vez em quando lá ia o Zero atazanar a paciência do Vilela.

— Bié, você é meu amigo ou não?

Pensei comigo: é nessas horas que a gente vê quem fica do seu lado e quem prefere fugir da luta. É muito fácil fingir-se de amigo, né? O preferido das meninas. O Bié era tudo isso e mais ainda.

Apesar do aparente desligamento das coisas comezinhas da vida, por um desses "milagres" da natureza, o Vilela tinha mesmo uma consciência, que às vezes saía do esconderijo a manifestar-se.

— Tá bom, japonês. O que eu ganho com isso?

— O que você ganha? Que espécie de amigo é esse que não ajuda o outro nas horas de necessidade? Eu tô perdido pela Eulália, né. Mereço uma chance.

Por alguns segundos silêncio total no ambiente, o Zero com os olhos arregalados.

— Então vamos fazer um negócio... Um mês de uísque na "faixa" lá na xerox.

O coitado, mais do que depressa, aceitou a proposta.

— Tá ok, explorador. Mas se der certo vai valer a pena. O que você vai fazer?

O Vilela, com ar de "entendido", respondeu:

— Deixa comigo. Confie no meu "taco" que o resto eu faço.

Dois ou três dias depois, noite gostosa, música e dança rolando no "Sandália" e a Eulália... cantando.

Grande progresso, pensei comigo. Nunca houve uma quebra nas regras antes.

Encontrei o "poderoso" Vilela chegando e fui logo perguntando:

— Ô rapaz, você foi rápido. Como você fez para "dobrar" o Andrezão?

Vilela relanceou os olhos pelo ambiente, pigarreou como sempre fazia antes de dar uma daquelas explicações que nos colocava ao nível de meros mortais.

— Olha, é evidente que eu sei de algumas coisas que você não sabe, claro, devido à minha maior "experiência" no assunto.

Pensei comigo: pois é, você perguntou e agora tem que escutar.

— O quê, por exemplo?

Um silêncio estudado antes de continuar com a "aula".

— Você sabia que o Andrezão gosta de música paraguaia?

Era um fato inusitado para quem é dono de uma casa de samba e gafieira.

— Não, nunca poderia suspeitar de uma coisa dessa.

— Pois é, como você sabe, eu "pego" bem no violão de vez em quando.

— Tá bom, e o que tem uma coisa a ver com a outra?

— Então deixa eu te contar. Ontem eu cheguei aqui mais cedo com a viola e me encostei no escritório do Andrezão. Sabe como ele é, jeito de durão, mas no fundo tem uma alma de santo.

E eu que achava que nada mais poderia me impressionar.

— Ah, tá bom!

— Deixa eu continuar que você vai entender. Fiz uma cara de coitado e disse a ele que eu estava na maior "fossa" devido a uma desilusão amorosa.

Aí ele quis saber por que e eu comecei a dedilhar o "lago azul de Ipacaray" e muitas outras mais. Resolvi pregar uma pequena e caridosa mentira, claro que para "quebrar o galho" do japonês. Disse a ele que a minha tristeza era pela Eulália, que o Zero era só meu "testa de ferro".

Quando ele ouviu a história riu até mais não poder. Pensei, inclusive, em dar um calmante para ele. Aí, depois de muito conversar e algumas "guarânias" a mais, ele me prometeu readmitir a moça, pedindo-me para maneirar dentro da "casa", para manter as aparências.

Em minha modesta opinião de um mero espectador, eu imagino que, no fundo, ele achou interessante e engraçada a ideia do japonês corno.

Enfim, meus amigos, essa foi a descrição de mais uma do Vilela, meu amigo e companheiro de noitadas. Se pensarmos bem foi uma ação meritória de caridade que fizemos (?????).

O fato é que, dessa noite em diante, toda vez que o Zero passava por perto, brilhava uma ponta de ironia nos lábios do Andrezão.

Quanto ao que aconteceu com o casal depois disso, ficaram namorando e chegaram até a morar juntos por alguns meses. Um belo dia, Eulália sumiu sem deixar rastros. Acho que, segundo me lembro, junto com outro admirador. O Zero ficou na "fossa" por um longo período, mas logo apareceu outra *crooner* no pedaço e aí... vida que segue.

7
CARTAS AO VILELA 1

São Paulo, 06 de junho de 2006.

Prezado Vi,

A cidade está fria, um gelo, mas é bom para quem gosta de um degelo de vez em quando. Certa vez, um amigo disse-me que não existe prazer maior do que aquele que vem de uma reconciliação, romance, amizade, um turbilhão de forças positivas que nos "empurra" para frente.

Hoje é o chamado "dia da besta" (estávamos em 06/06/2006) e nada aconteceu (ainda). Será? O pessoal do interior fica esperando ver o saci, a mula sem cabeça. Depois juram que viram ou encontraram o "bicho" pessoalmente.

Bem, ainda estou vivo (eu acho), ouvindo e vendo tudo (ai Jisuis), mas eu garanto que existem coisas piores de se ver.

A Rosinha disse que não ia mais dar pra mim. Já pensou? Perguntei por que e ela me disse que faltava mais um "aperto", um algo a mais que eu deveria saber o que é, mas sei lá, ou, então, eu perdi o jeito. Vai ver que é o castigo do tempo, né? A gente compra um carro "zero" e no início é tudo beleza, satisfação, o brilho do novo. Depois de um certo tempo ele começa a apresentar algumas manias (idiossincrasia?), o comportamento vai ficando diferente, algumas peças começam a falhar. Vai ver que muda o ponto "G" dele, sei lá. Será que o ponto "G" da Rosinha mudou com o tempo e eu não percebi (pelamor)? Ou mudou o meu? Será que eu também tenho um ponto "G"? (olha lá ô meu!!!!!).

Bem, meu amigo, aqui os atrasos de vida ainda correm atrás do povo graças ao simples fato de que ele não sabe votar, sem contar as entrelinhas que acontecem em todas as eleições, os "finalmentes e entretantos", como diria Odorico. O inverno promete ser quente, veja só, e lá vamos nós correndo atrás dos fatos que já adivinhávamos há muito tempo. Não tinha como ser diferente, mas podia ser pior. É como nós comentávamos lá no bar do Oscar, nosso ponto preferido: se você pensa que não pode ser pior, prepare-se porque vai ter uma surpresa.

Bons tempos aqueles em que nossa farra era dançar e beber no "Sandália de Prata" tranquilos, sorridentes, seguros, porque, afinal, a casa tinha um regulamento severo para disciplinar os mais afoitos. Voltávamos para nossa "república" no velho "Nações Unidas" andando no meio da Paulista sem problemas. Mas ainda bem que conseguimos escapar de algumas armadilhas da vida, porque elas correm atrás de nós. Correm, mas não me pegam, porque torço pro "Curintia" e sou protegido do guerreiro Jorge.

Mulher com mulher e homem com homem... Tá um "rolo" só, né, meu?

Tô ficando com o saco cheio. Será que a Rosinha arrumou outra mulher? Aí é pra acabar.

Meu amigo Vilela, não foge não. Se puder me responda.

Um forte abraço (com muito respeito).

JB

P.S. quando éramos mais jovens também corria mais rápido o sangue em nossas veias. Naqueles tempos, a gente não sabia quase nada, mas fazíamos de tudo um pouco. Hoje eu acho que sarei, desconfio de muita coisa, mas não faço quase nada. Hoje eu consigo adivinhar o futuro (Rá).

Que merda...

Outro abraço,
JB.

8

ANINHA BOTAFOGO
(30 ANOS DEPOIS)

Essa aconteceu com uma personagem bastante nossa conhecida, quer dizer, minha e do Vilela. Bem, verdade verdadeira é que ela era muito mais conhecida do Vilela, porque se tratava da Aninha Botafogo. Como vocês já sabem, era a namorada eterna e "indesgrudável" do Vi.

Esta história eu vivi lá pelos idos de 1996, quando, depois de muitos anos, encontrei a Aninha na Avenida Paulista. Coincidentemente, quase em frente ao nosso velho "Nações Unidas".

Custei muito a reconhecê-la. Os quase 30 anos passados desde o nosso último encontro deixaram suas muitas marcas em minha antiga musa.

Era minha musa sim, não me envergonho de dizê-lo. Por muito tempo foi aquela deliciosa lembrança, uma curvinha aqui, outra ali, formando contornos aerodinâmicos perfeitos. Se ela fosse um automóvel, certamente seria uma Ferrari, a mais das mais.

Detesto ter que desapontar meu leitor, mas não cheguei nem perto de uma noite com ela. Tal como a Ferrari, só consegui alisar, sentir, imaginar mil coisas, mas numa espécie de universo paralelo.

Eu babava de inveja do Vilela, mas nunca fui do tipo ousado, e, mesmo que fosse, tínhamos desenvolvido uma amizade muito forte. Acho que seria meio incestuoso comer a irmã, por exemplo, mas isso não me impedia de achá-la linda de morrer.

— Oi, linda. Não cumprimenta mais os amigos, né?

Penso que ela também teve dificuldade para me reconhecer. Tudo o que eu disse do tempo e seus efeitos na Aninha também podiam ser aplicados à minha pessoa. Alguns (muitos) cabelos a menos, uma barriguinha, sem falar numa dorzinha aqui, outra ali, e muito mais.

— JB? Nossa… Não é possível… É você mesmo?

— Claro! Em carne e osso. Parece que viu um fantasma.

A Aninha ali, na minha frente, era mais uma prova, afinal, de que o tempo pode fazer muitas mudanças físicas nas pessoas, mas não leva a beleza da alma embora. Ela continuava a ser a Aninha, apesar de tudo.

— Puxa, mas já faz um bocado de tempo. Não o reconheceria mesmo.

— É, meu bem, uns trintinha, mais ou menos. Lembro de ter recebido a notícia de seu casamento. O Vilela ficou de "bico" muito tempo.

Ela deu um suspiro profundo, daqueles que fazem qualquer motor pegar.

— Aquele seu amigo, hein, JB? É difícil pra mim lembrar daqueles anos sem a figura daquele sem-vergonha. Beirava o canalha.

Seus olhos vagueavam sonhadores, passeando pela fachada do velho "Nações", quem sabe procurando a janela do nosso apezinho, onde moramos e vivemos muitos bons momentos.

Muita coisa havia mudado no velho prédio.

Àquela altura, o bar do Oscar não existia mais, a parte de baixo do conjunto estava cheia de pequenas lojas, um movimento louco, diversas lanchonetes, casas lotéricas. Tudo pequeno e apertadinho, um do lado do outro e todos indo bem, obrigado.

— É, mas vocês ficaram juntos bastante tempo, né? Pensei até que iam se casar. Na firma até aposta "rolou" a respeito da data.

Ela soltou aquele seu risinho inconfundível (e encantador) antes de responder.

— Casar? Ô JB, o Vilela não era pra casar.

— Mas, então, por que vocês ficaram tantos anos naquele "molha e enxuga?" Não queriam nada um com o outro?

Mais um longo suspiro. Parecia estar ensinando pacientemente alguma coisa óbvia a um aluno relapso.

— JB, "se liga". Vilela nunca foi homem pra casar, meu. Pra mim ele era só um homem, um amante, um macho e tudo o mais. Homem pra casar é de outro tipo, mais calmo, ponderado, trabalhador, carinhoso, "criador de filho". Homem pra casar não é qualquer um. Tem que ser talhado para o papel, tem que dar segurança para a mulher, levar coisa pra ela na cama, mandar flores, beijinhos, cartinhas de amor.

E ali estava eu, atônito com a "lição" da Aninha. Recapitulando, estava também com um sentimento misto de raiva e conformismo, despeito e inveja.

De repente, terror total. Será que eu era só um "homem pra casar"?

— Você já imaginou o "Seo" Vilela criando filhos? Saindo todos os dias cedinho para o trabalho e voltando às seis da tarde? Levando filhos pro colégio? Cantando parabéns nas festinhas de aniversário? Nem morto, JB. E isso eu sabia desde o início.

— Mas naquela época ninguém queria saber de nada, né, Aninha?

— É isso aí, meu. Ninguém mesmo. Foi um tempo diferente, negação de tudo, libertação, sei lá.

Quantas perguntas brotavam em minha cabeça.

— Olha, JB, vamos fazer o seguinte: amanhã, às cinco da tarde, encontro você lá no Ponto Chic do Paraíso, tá? Tenho uma consulta médica daqui a 10 minutos e preciso me apressar. Coisa de rotina de mulher nos 50 e mais alguns. Você sabe...

Rimos da piada, que não era piada, porque sabíamos que aqueles "alguns" já eram muitos "alguns".

— Combinado. Espero você na "nossa" mesa do canto, lembra?

— Claro que lembro. Nunca me esqueci. Então tchau!

— Quer que eu te leve? Estou com o carro logo ali no estacionamento.

— Não precisa. O médico fica a três quadras daqui. Amanhã te vejo. Tchau.

Beijei aquele rostinho e senti de imediato seu velho e inconfundível perfume. Cheiro de coisa fresca, do campo, lavanda, sei lá. Mas ela era assim mesmo. E sua beleza ainda estava ali presente, distribuída naquela figura de mulher.

Indispensável dizer que fiquei contando os minutos até o dia seguinte às cinco da tarde. Tinha que inventar alguma desculpa para chegar mais tarde em casa. Estava no meu segundo casamento e não queria embolar o "meio de campo" à toa (afinal, talvez eu seja mesmo só um "homem pra casar"). Isso não era problema, porque eu tinha muitos "créditos" acumulados com a Marília (minha atual mulher).

Uma pena que o Vilela não estava mais entre nós. Irresponsável de tudo, o Vi gostava de mulheres (todas) e era grande conhecedor intuitivo da natureza humana. Às vezes, ele chegava a ser muito infantil. Pouco antes de morrer, algo depressivo, passou a preocupar-se com a vida, filhos, coisa que nunca tinha ocorrido.

Um dia, encontrei-o quieto, pensativo, num canto do apartamento onde morávamos. Estava com a aparência meio abatida, ombros caídos, uma ponta de lágrima brotando furtivamente no canto de um dos olhos.

— É, JB… Pelo andar da carruagem nunca vou casar e ter filhos. Não vai ficar ninguém pra se lembrar de mim. Tenho inveja de vocês dois. Você e a Marília estão bem, né?

Imagine você, o Vilela com inveja de mim.

Dois dias depois recebi uma ligação no escritório. O síndico do prédio havia encontrado o Vilela caído no chuveiro. Morreu tomando banho, o miserável, talvez se purificando, preparando-se e pensando nos argumentos que iria utilizar com São Pedro lá no céu.

Bem, não era para ficar infeliz, porque ele viveu a vida que quis, do jeito que quis e também com quem quis.

Quanto ao receio de ninguém se lembrar dele, realmente tinha razão. Depois que a gente morre leva pouco tempo para se cair no vazio do esquecimento de um mundo em movimento cada vez mais alucinante. Ele sentiu isso antes de ir. É como se tudo o que fomos, o que adquirimos, retornasse a um grande caldeirão para ser de novo misturado a um monte de outras coisas, somatória das experiências da humanidade. Do caldo resultante seria retirado pouco a pouco e dado a cada um dos novatos que vêm por aí.

Fui dormir com uma sensação diferente e agradável, de ter reencontrado um sentimento há muito perdido, talvez a chance de recuperar um pouco do tempo que ficou. Logo fechei os olhos e mergulhei em um álbum de retratos, tentando virar as páginas para trás, viver de novo aquele louco tempo da mocidade, do "tudo é possível", meus sonhos, meus amores reais, os possíveis e os improváveis. Onde teriam ido? O que estariam fazendo?

"Homem pra casar"? Eu, hein!

Acordei no dia seguinte bem disposto e a manhã passou voando. Rapidamente era 16h30 e lá estava eu esperando pela Aninha.

A "Aninha Botafogo", veja só.

A decoração do Ponto Chic já estava meio desgastada, mas continuava basicamente a mesma. O velho Atílio não estava mais lá, muitos garçons novos, uma horrorosa banca de sorvete italiano meio voltada para a calçada em frente, acho que para aproveitar o movimento e gerar mais uma rendinha. Mas que ficou feio, isso ficou.

Pedi um chopinho e fiquei ali olhando preguiçosamente o movimento da patuleia na calçada. Homens e mulheres iam e vinham andando depressa, fisionomia de "quase agonia" (na falta de um termo melhor) pela urgência de muitos compromissos simultâneos (todos urgentes, é claro).

O que nunca deixava de me surpreender era o olhar decidido dos passantes. Parecia que não havia dúvida alguma na mente daquelas pessoas, sabiam exatamente o que estavam fazendo.

Aí, de repente, um daqueles personagens da calçada parava no meio da correria e dava meia-volta. E lá vinha o sujeito outra vez, com o mesmo olhar decidido de antes, sumindo rapidamente na virada da esquina da Treze de maio com a Paulista.

Tudo acontecia muito rápido e a gente perdia um pouco daquela compreensão da relação de causa-efeito dos fatos da vida, mesmo os mais corriqueiros.

Na época de "ouro" do velho "Nações" (nosso antigo lar), as coisas aconteciam mais pausadamente. Havia menos gente nas ruas. Para um bom observador era fácil entender o que estava acontecendo ao nosso redor. Hoje, eu penso que tudo acontece "em massa" e em explosões repentinas, muitas delas ao mesmo tempo. Os problemas ficaram mais complexos e as soluções simples sumiram no meio da poeira levantada pela confusão.

Perdeu-se algo. Perdemos uma parte importante de nós mesmos ao longo do caminho e agora não conseguimos mais voltar para buscar.

Mas ali vinha a Aninha, com seu andar delicioso a me proporcionar mais um precioso reencontro com a memória.

— Oi, bem. Chega mais.

— Oi, amor. Demorei muito?

— Você nunca demora muito porque sempre vale a pena esperar.

Risos divertidos também faziam parte do ritual. Sempre nos tratamos muito informalmente, mas num jeito gostoso que era bem nosso.

Chamei o garçom e pedi um chopinho para minha amiga.

— Você ainda toma um chopinho, né? Se quiser eu peço um guaraná.

— Ficou louco, ô JB?! Sou eu mesmo que estou aqui, ô meu. Ademais, já não sou mais casada.

— Então conta aí como foi. Ficou descasada mais de uma vez?

Chegou o chopinho. Um gole demorado acompanhado de um olhar sonhador.

O dia estava quente e aquilo parecia nem chegar direito ao estômago. Evaporava antes.

— Pois é, JB... O mundo gira e a Lusitana roda, né? Lembra do Arthur? Aquele primo da Belinha lá da sua empresa que você me apresentou?

Nesse momento mudei de cor, acho que para um "branco-espanto".

— Qual Arthur? Aquele tranquilão? A gente chamava ele de soneca.

— Mas que soneca, meu! Lembra do nosso papo de ontem? O Arthur era justamente o protótipo do "homem pra casar". Era tudo aquilo que eu te falei e muito mais.

Tomou outro gole.

— Vou te contar a história toda, JB, daquilo que foi a melhor coisa que eu fiz na vida. Tudo o que eu sou hoje devo a ele, mas de um jeito que você não vai acreditar.

— Então conta logo. Depois que você se "casou e mudou", só hoje é que estou te vendo de novo. Conta tudo.

O ambiente gostoso conspirava a nosso favor, quase que induzindo à troca de confidências.

— JB, o negócio é o seguinte. Um belo dia, depois de conhecer o Arthur, pintou aquela "neura" do Vilela. A comparação entre os dois dentro da minha cabeça foi inevitável. Arthur era gentil, puxava a cadeira para eu sentar, abria a porta do carro para mim, enfim, era um cavalheiro mesmo. Depois de alguns dias saindo com ele é que ficou bem claro para mim aquela divisão de tipos que eu te falei ontem. A verdade que se mostrou para mim é que o Vilela, por Deus do céu, não era "homem pra casar". Era homem sim, mas para um monte de outras coisas, principalmente na cama. Não tinha melhor.

De repente, seu semblante ficou triste.

— Olha, meu... Eu já estava beirando os 30, a vida passando e cadê família? Não precisa me olhar com essa cara, não. Qualquer mulher sonha em ter uma família, JB. É outra coisa, paz, tranquilidade. Chega um tempo na vida da gente que isso se torna vital como o ar que respiramos. Naquela época, pra mim, achei que já estava na hora.

No velho Ponto Chic até os mosquitos pareciam escutar a narrativa em respeitoso silêncio. Lá fora, as primeiras sombras da noite já começavam a aparecer, conferindo um tom levemente acinzentado às coisas.

— Meu namorico com o Arthur durou pouco mais de dois meses. Logo ele se apaixonou perdidamente e daí até o casamento foi um passo. Tudo aconteceu muito rápido e escondido, sem contarmos para quase ninguém, apenas alguns familiares e pronto. Decidimos nos casar lá em Andradina, minha cidade. Sabe como é... Minha mãe, meu pai, o noivo, sogros, três ou quatro padrinhos, o padre... e acabou. Ele preferiu assim porque não suportava muita gente, aglomerações, São Paulo principalmente. Arthur não gostava de você, sabia?

Era um prisma diferente de tudo o que eu poderia supor.

— Pô, mas logo de mim? Eu, que nunca fiz nada, que nunca tive nada mais sério com você? E o Vilela?

— Pois é... Isso é que eu acho muito estranho. O Arthur sempre achou que você vivia me cantando. O Vi, para ele, era muito oba-oba, falastrão. Dizia que era muito festivo e que gente assim, na verdade, não é de nada.

Muitos risos.

Era mesmo o fim da picada. Então o mais suspeito ali era eu, justo o mais calado, o mais comportado.

— O Arthur dizia que os quietinhos é que são mais perigosos. Mas casamos e fomos morar no Rio de Janeiro, onde ele arranjou um cargo numa outra empresa do pai da Belinha, a Izabel, lembra?

Como eu ia esquecer? Parece que tudo aconteceu ontem.

— Assim, JB, nós sumimos do mapa por um longo tempo.

— Mas você podia ter escrito pelo menos uma carta de despedida, né? Quando você foi embora nós ficamos meio órfãos. O Vilela passou uma temporada meio doido, mas como você já conhece a fera, logo ele achou algo para se distrair.

— Sabe, JB, ele conseguiu me achar no Rio, mas eu pedi pra ele não me procurar mais. Sabe como é, romper com o passado é algo que só pode ser feito de uma vez. Bom, mas o fato é que o Arthur logo se revelou um excelente marido. Com dois anos de casada eu já tinha meus dois filhos, o Maurício e a Cláudia, o que fez de Arthur também um ótimo pai. A vida transcorreu sempre de forma muito tranquila, com os papéis perfeitamente distribuídos e assumidos. Arthur era o chefe, o pai, o provedor do lar, enquanto eu era a esposa, o esteio da casa, a mãe dos filhos dele, cozinheira, lavadeira, amante.

Então ela deu um breve tempo e continuou:

— Com o tempo fiz amizade com alguns colegas de trabalho do Arthur. A empresa era de comércio de artigos odontológicos e alguns de seus clientes passaram a fazer parte também do nosso círculo. Arthur era muito trabalhador e competente, o que logo lhe valeu uma diretoria na firma. Ganhou muito dinheiro, muito mesmo, o que aumentou bastante nosso envolvimento social. Ele trabalhava na firma e eu trabalhava em casa. Pô, meu, não é mole tomar conta de criança e tudo o mais.

A essa altura da conversa já estávamos lá pelo quinto ou sexto chopinho, com a língua bastante solta e o coração mais aberto.

— Então você virou mesmo uma dona de casa? Escutei alguns rumores a respeito algum tempo depois, mas não acreditei.

— Pois é, xará, "virei" dona de casa e mais um monte de coisas. Vou te contar.

Quando as crianças já estavam mais crescidas, uns 10 ou 12 anos, passei a ter um pouco mais de tranquilidade e tempo para viver e explorar melhor o entorno da minha vida, que até então resumia-se a casa, crianças, mercado, colégio, marido. Mais ou menos nessa época, algumas amigas começaram a me alertar para não deixar o Arthur "solto desse jeito", porque ele era rico e bonitão. Elas também me aconselharam a sair com ele, fazer parte da coisa toda, das recepções com clientes, festas e tudo o mais. Como parte do esforço de marketing, Arthur costumava promover algumas festas, alguns jantares, convidando clientes atuais e potenciais. Eu imaginava que eram mesmo recepções profissionais, mas depois eu vi de perto o que era tudo aquilo.

Os olhos de Aninha pareciam brilhar mais na medida em que prosseguia a narrativa.

— Acontece que havia uma cliente da firma, a Tereza, que eu pensava ser minha grande amiga e confidente, tanto que ela frequentava minha casa quase diariamente. Nós nos tornamos muito amigas mesmo, os filhos, saíamos juntas para fazer compras. A situação ficou assim por uns cinco anos, até que eu peguei um documento de Tereza no bolso de Arthur, acompanhado de um bilhete apaixonado. Isso para mim foi o máximo. Quase morri de desgosto. Coloquei o Arthur contra a parede e adivinhe o que aconteceu? Ele me disse que era tudo verdade mesmo, que eles estavam apaixonados fazia tempo e que queria a separação, pois pretendia se casar com a Tereza, veja só. De início e durante um bom tempo fiquei puta da vida. Pô, meu, que baita sacanagem! Então eu dava um duro danado lá em casa, lavando roupa, encerando assoalho (exagero, né?), coisa que nunca tinha feito em toda a minha vida. Pô, JB, você me conhece.

E conhecia mesmo. Não conseguia acreditar que o "soneca" tinha trocado a Aninha por outra.

— Mas e aí? A Tereza, pelo menos, era bonita?

— Nada, meu. Um tipo simples, comum, um rosto que se perderia facilmente na multidão, corpo idem. O que atraiu o Arthur foi o brilho falso da grana da mulher, que era dona de uma rede de clínicas odontológicas e grande cliente da firma. Apesar disso, Arthur dava a ela um monte de presentes, depois descobri, o que ajudava a explicar a "dureza" que vivíamos em casa. Nunca sobrava dinheiro para nada. Mas as crianças eram o calcanhar de Aquiles do Arthur. Eu sabia e era por ali que eu iria me recuperar nessa questão. Resolvi concordar com a separação sem nada exigir, apenas e estritamente o que a lei garantia, mas fiquei com a guarda das crianças. No início foi tudo meio difícil, mas logo o Arthur começou a ficar com a consciência pesada, a distância dos meninos começou a pesar, eu falando sempre na orelha dele que estávamos passando necessidades, as crianças sendo ridicularizadas na rua por conta de roupas rasgadas, tênis e outros quetais.

Dando outro tempo, ela tomou mais um gole do chopinho e depois continuou:

— Fato é que ele se casou com Tereza logo depois, mas esses detalhes das crianças nunca o deixaram em paz. Ele ficava louco, possesso, dizia: "Filho meu não passa necessidade de nada, é só falar que eu mando". Já viu, né? O valentão dentro dele sempre acordava com o paizão. Quanto à Tereza, logo ele viu que aquela mulher não tinha nada demais. Era uma aventura, a coisa tinha sido gostosa, mas depois veio o inevitável dia a dia. Desgraçadamente, ela não podia mais ter filhos, enquanto eu continuava lá, né, JB?

Percebi, então, a Aninha com um olhar daqueles que só ela sabia.

— Aí, JB, mais dois, três aninhos, e a Tereza já estava com um ciúme enorme do Arthur... comigo. Porque eu, JB, na cama, faço tudo e mais alguma coisa e ela não faz. Os meninos cresciam rapidamente. Maurício fez dezoito18 anos e ganhou um carro, e eu também. Aliás, ganhamos um novo apartamento no Leblon, tudo isso sem a Tereza saber, como não sabe de nada até hoje. Continua lá, com aquela cara de sonsa, trabalhando que nem uma condenada. Engordou de fazer gosto, enquanto eu estou aqui, ó. Faço academia todos os dias, tenho outros dois apês alugados e ainda tenho o Arthur, que também acabou se revelando um artista na cama. Fazemos de tudo um pouco e acho que o que estava faltando era motivação.

Eu ali, sentado, praticamente sem fala. Aquilo era uma "virada de jogo" para corinthiano nenhum botar defeito.

— Agora, JB, eu é que sou "a outra". Tenho tudo o que sempre quis e muito mais. A fulana lá fica com o osso, briga com ele todos os dias, dorme mal e nunca tem dinheiro pra nada.

Era quase meia-noite e o tempo parecia ter parado para ouvir aquela história impressionante.

Aninha levantou-se, com aquele seu ar divertido e provocante, aquele "corpitcho" madurinho que os anos só fizeram melhorar. Olhou-me bem nos olhos, deu uma "voltinha" daquelas de modelo e sapecou:

— E aí, JB? Gostou?

Se gostei? Também aprendi muita coisa, eu e o "homem pra casar".

Perto de meia hora depois paguei a conta e despedimo-nos. Cada um para o seu lado. Eu, com as minhas lições, os meus desejos secretos, as minhas lembranças de um tempo delicioso que não volta mais. Aninha foi-se com um sorriso nos lábios, bamboleante e graciosa como ela só.

Nunca mais a vi.

Nunca mais a esqueci.

9
DES-CONSTRUÇÃO

Corria o ano de 1954 na bucólica Curuzu, cidadezinha do interior paulista. Sua localização no meio da serrinha de Botucatu fazia com que a temperatura ficasse sempre fresca e agradável para os mil e poucos habitantes do lugar.

Era um povoado que parecia estar parado no tempo. Seu movimento principal gravitava ao redor da venda de produtos de bazar, armarinho e mantimentos aos que iam e vinham de outras cidades. Naquele tempo era passagem praticamente obrigatória para quem ia da capital para o interior e vice-versa.

Muitos caixeiros-viajantes e outros tipos de aventureiros apareciam por ali com frequência, fazendo pouso vez por outra num dos dois hotéis da cidade. Restaurante só mesmo um prestava, o Calú, na verdade um anexo ao bar de mesmo nome. Ali é que aconteciam eventuais jogatinas e os encontros noturnos da boemia, em busca de alguma coisa interessante para rechear a vida.

Havia basicamente duas ruas principais e de mão dupla, a de cima e a de baixo, "artérias" cortadas por umas duas dezenas de ruazinhas que serviam de ligação entre elas ao longo de todo o perímetro urbano. Como não poderia deixar de ser havia grande rivalidade entre os moradores de cima e os de baixo.

Acontece que do início do povoado até a época desta narrativa, o trânsito passou a fluir quase todo mais pela rua de cima do que pela de baixo, relegando-a a um segundo plano quando da aplicação de investimentos do governo. Como a estrada passava na rua de cima, invariavelmente ela acabava sendo privilegiada quando do recebimento de alguma melhoria. A de baixo, por sua vez, sempre ficava para depois, um tempo que nunca chegava. Assim, a rua de baixo, cuja denominação verdadeira era Coronel Alcântara Mourão, fazia o papel de irmã mais pobre da rua de cima, na realidade batizada de Engenheiro Aristeu de Camargo.

Bem, para facilitar a nossa vida vamos chamá-las simplesmente de rua de cima e rua de baixo. Na rua de cima ficavam situados os principais estabelecimentos comerciais e de serviços, uma vez que por ali passava o grosso do movimento de pessoas e veículos provenientes da estradinha. Por outro lado, a rua de baixo centralizava uma espécie de aristocracia antiga e seus casarões, já que terminava na estaçãozinha de trem antes pertencente à Estrada de Ferro Sorocabana (bitola estreita). Bem em frente à estação situava-se o hotel Saturno, o melhor dos dois, sendo que o outro hotel, o Luz da Lua, na verdade era mais ou menos um "ponto de trabalho" para as "meninas" ganharem a vida na profissão dita mais antiga da história da humanidade.

Ali por perto ficava a delegacia de polícia, onde davam plantão um delegado, um escrivão, um sargento e dois soldados da Força Pública de São Paulo, servidos por um jipinho Willys meio desgastado, mas inteiro.

Seo Januário, viúvo e respeitado farmacêutico, dava expediente intensivo, atendendo casos inclusive na zona rural. Casos mais complicados só mesmo Deus e os hospitais da cidade grande é que podiam resolver. Entretanto fazia verdadeiros milagres o bom homem. Contava com a ajuda de Jaime, seu filho mais velho, meio indolente e vagabundo, mas que com o tempo acabou aprendendo o ofício e ajudava o pai como podia.

O menino Jaime, que já não era mais tão menino assim, gostava mesmo era das atividades noturnas da boemia. Serenatas às jovens do lugarejo eram uma rotina na vida do rapaz, que acabavam lhe rendendo encontros furtivos nas sombras da noite, que muitas vezes terminavam num dos quartinhos mal iluminados do "Luz da Lua".

Jaime era, ao mesmo tempo, fonte de orgulho e de preocupação para o velho Seo Januário que, vez por outra, precisava usar sua influência e seu prestígio para livrar a cara do filho, metido em alguma confusão.

Houve um tempo em que Januário imaginou o filho estudando numa faculdade de São Paulo, de preferência cursando Farmácia, de modo a poder perpetuar o negócio da família, uma vez que todos os outros irmãos já se tinham ido para a capital em definitivo.

Mas qual o quê. Jaime, que sempre foi muito inteligente, passou a perder pouco a pouco o "apetite" pelos estudos. De repente tornou-se nostálgico, uma figura triste, andando de um lado para o outro sem destino e sem motivação. Na época, as pessoas diziam que tinha sido uma desilusão amorosa a responsável pela desdita do rapaz. Não suportou a perda de Ritinha, filha de Seo João, o carteiro, que também se bandeou de "mala e cuia" para a capital. Acho que a moça não se animou muito com a perspectiva de passar o resto de sua vida como a mulher do futuro farmacêutico de Curuzu.

Desde então, Seo Januário teve que se resignar à tarefa de ser simultaneamente pai e mãe do moço. Às vezes, chegava a reclamar em um longo suspiro: "Ah, se a Dalva estivesse aqui poderia me ajudar a tomar conta e encaminhar o Jaiminho…". Assim, assoberbado de trabalho como sempre estava, Januário acabou se acomodando e, por absoluta falta de tempo, deixando um pouco da educação do filho a cargo de Deus.

O tempo foi passando – e a vida também – para todos os habitantes da pequena cidade. No bar do "Calú" (nome composto das iniciais de Carlos Luiz, o proprietário) todos sabiam das façanhas de Jaime que, sob o efeito de caninhas e rabos de galo, jactava-se dos feitos e conquistas, das visitas ao hotel "da Lua" com essa ou aquela moça.

Porém, já fazia algumas semanas que o rapaz não aparecia. Quando procurado na farmácia, dizia que tinha "endireitado", "tomado jeito", que agora só queria saber de "coisas sérias", "mudar de vida". Mas quando ele disse que ia voltar a estudar é que o caldo entornou.

— Aí tem coisa.

Carlos Luiz, como todo dono de bar, tinha uma espécie de sexto sentido para entender e perceber o comportamento de seus clientes.

— Ô Calú, deixa de olho gordo sô. O Jaime só quer endireitar, mudar de vida.

Até o pároco, padre Agnaldo, parecia ver uma luzinha brilhando no fim do túnel para o rapaz.

— É a mão de Deus, meus filhos, sem dúvida.

Opiniões divididas, a "conversão de Jaime" era o assunto do momento. Não tinha um que entrasse no bar sem dar sua opinião.

Um belo dia, Calú e alguns *habituées* do bar resolveram ficar de olho no Jaime.

— Escutem o que eu digo, isso não combina com ele. Alguma coisa está muito errada aí. Sei que poderia mesmo ser um milagre, como diz padre Agnaldo, mas eu conheço a "fera" há muitos anos.

Por sua vez, Germano, taxista e amigo de Jaime, procurava defendê-lo.

— Olha, vocês estão errados. Ele agora é outro. Vocês não viram? Há quanto tempo ele não aparece no "da Lua"?

— Isso é verdade, mas onde é, então, que ele anda? Você sabe?

— Não posso dizer que tenho certeza, mas acho que ele deve ficar lá na casa dele. Parece que está se preparando para voltar a estudar.

A dúvida era geral e transparecia no semblante do pessoal, algo como se Bocage tivesse, de repente, resolvido virar padre.

— Agora é que eu não acredito mesmo. Estudar? O Jaime?

Gargalhadas ecoavam no local toda vez que o assunto era a "conversão do pecador-mor" de Curuzu.

— Mas é verdade. A luz de seu quarto fica acesa até altas horas. O coitado fica lá no sacrifício e vocês aí debochando.

No entanto nada parecia abalar a desconfiança dos antigos *compañeros* de Jaime.

— Olha, vamos fazer o seguinte… – propôs Calú. – Vamos vigiar o moço por dois dias. Se nada acontecer, então eu reconheço a conversão do pecador e eu mesmo prometo frequentar a igreja todos os domingos a partir de então.

Até o padre ficou surpreso com a proposta.

— Puxa vida! Se for pra você voltar a frequentar a minha missa aos domingos, até eu ajudo a vigiar o rapaz. Taí, vou provar a vocês todos que a mudança do Jaiminho é verdadeira obra de Deus. Mas que bom vai ser para o Januário, que depois da morte de Dona Dalva não conheceu mais alegrias.

A vigília do primeiro dia não produziu nenhuma informação digna de nota.

O rapaz acordou, tomou seu café da manhã com Januário, cumpriu expediente na farmácia e depois, como sempre fazia, deu uma chegadinha no bar.

— Vai, Calú, sai uma de sempre, mas fraquinha, que hoje ainda tem muito trabalho.

Os clientes olhavam com suspeição, mas procuravam disfarçar a tensão que tomava conta do ambiente.

Entra o padre Agnaldo:

— Olá, meu jovem amigo. Bebendo a esta hora?

— Não tem nada não, padre. É só uma fraquinha pra relaxar. Hoje o pai teve de atender uma chamada na fazenda dos Moura e tive que trabalhar por dois.

O olhar triunfal do pároco fuzilava os presentes.

— Puxa vida, muito bom. E à noite? Vai namorar?

— Não, padre. Quem me dera. Estou estudando muito para prestar os exames na faculdade. Não dá tempo pra pensar nessas coisas.

Dizendo isso, tirou algumas notas da carteira, pagou o drinque e foi embora.

— Estão vendo? É o veneno do demônio que está dentro de vocês que não os deixa admitir o óbvio. O rapaz está em franco processo de regeneração.

Calú, por sua vez, não se dava por vencido.

— Calma, padre. É só o primeiro dia. Ainda tem amanhã.

Desce a noite sobre a pequena cidade. Perto das 22h, Calú, Germano e Aparecido, dono do posto de gasolina, montam "guarda" na rua de baixo. Estavam meio escondidos, mas dava para ver com clareza o quarto de Jaime no andar de cima. Estava com a luz acesa e, pela janela, era possível perceber um vulto sentado, como se fosse alguém debruçado, em posição de leitura.

Ficaram lá os três até cerca de 2h. A luz apagou e a "troupe" de espiões dispersou-se, mortos de sono que estavam, sem falar no frio cortante que fazia.

No dia seguinte, o assunto no bar era a frustração dos que se propunham a desmascarar o pecador. O conceito de Jaime subia como um balão de gás na cabeça dos amigos.

— Calma, pessoal, ainda tem hoje até de noite. A aposta foi de dois dias, não é isso? Então tem tempo.

Passa o dia vagaroso e novamente nada acontece.

Chega a noite e ninguém mais quer fazer parte da vigília, porque o conceito do rapaz havia mudado e, além disso, aguentar o frio e a noite mal dormida a troco de nada era uma ideia pouco atraente.

— Então eu vou sozinho – fuzilou Calú. – Já que ninguém quer ir junto eu vou sozinho.

— Mas isso não vale porque você é parte interessada no assunto. Só se o Germano for junto. Vai, Germano, que o Jaime, afinal de contas, é seu amigo.

A lógica do Aparecido convenceu e lá se foram os dois, Calú e Germano, vigiar o Jaime para atestar o seu bom comportamento. Uma redenção, afinal, como dizia padre Agnaldo.

Ali ficaram, no mesmo lugar da "campana" do dia anterior.

Luz acesa no quarto de Jaime.

O vulto debruçado nos estudos.

Perto das 20h, farmácia do andar térreo já fechada, abre-se a porta e sai uma figura. Encurvada e vestida com um largo sobretudo, a maleta numa das mãos, o personagem subiu a rua de baixo rumo à estaçãozinha.

— Mas que coisa, hein, Germano. O velho Januário trabalhando até agora. Isso é que é santo.

— Tem razão. Deve trabalhar esse tanto para esquecer a saudade da Dona Dalva.

Na janela, o vulto parado, "estudando".

De repente, um estalo gelado na mente de Calú.

— Germano, você por acaso viu o Seo Januário sair ontem à noite? Acho que cochilei um pouco e perdi o detalhe.

— Vi sim, Calú. Igual a hoje, agasalhado, a velha maleta de remédios.

Na distância ainda era possível distinguir a figura de Seo Januário, perto de quatro quadras de distância.

Nisso, a figura virou à direita e sumiu da vista dos dois.

— Espera um pouco… Não é lá que você mora, Calú? Tem algum vizinho doente?

— Acho que não. Maria da Penha não me disse nada. Só resmungou um pouco quando cheguei.

Maria da Penha, mulher de Calú, sempre se vestia de maneira sóbria, cores neutras, frequente à igreja. No entanto era possível adivinhar um pedaço de mulher debaixo de tudo aquilo.

Aí um olhou para o outro, o outro olhou para o um, e saíram em desabalada carreira atrás do vulto a virar a esquina.

Na janela, o outro vulto continuava "estudando".

Chegaram esfalfados da correria, suando em bicas, ainda a tempo de ver o Seo Januário entrar numa casa pequena, mas florida, perto da metade do quarteirão. Observaram tudo a uma prudente distância para não serem percebidos.

— Mas é a minha casa. O Seo Januário entrou na minha casa!

Calú já estava ficando desesperado.

— O filho da puta está na minha casa com a Penha.

A essa altura, Germano não sabia se ria ou se consolava o amigo.

— Calma, Calú. E se for só uma pequena emergência?

— É nada. A filha da puta sabe que eu fecho o bar muito tarde e na minha ausência faz as "consultas" dela. Cachorra. Isso não vai ficar assim não.

— Mas homem, pense que pode ser mesmo só uma consulta. Você precisa ter certeza antes de qualquer coisa. Vamos lá ver se é verdade. Se for, chama o delegado para fazer o flagrante, senão você vai ficar com cara de tacho e com fama de corno manso.

Calú não cabia mais no sapato.

— Então vamos lá ver. Vamos entrar pelos fundos.

Chegaram na frente da casa, pé ante pé.

Silêncio total no térreo. No andar de cima era possível perceber uma tênue luz filtrada pelas frestas da cortina.

— Eu falei. Eles estão lá em cima.

Calú abriu vagarosamente a porta dos fundos, que dava para a cozinha. Entraram os dois em silêncio total, ouvidos atentos. Gemidos guturais, de homem e mulher, vinham do andar de cima. Saíram como entraram, em silêncio.

— Germano, vamos armar o flagrante com o delegado Peçanha. Tirei as chaves da porta da frente e dos fundos. O maldito não escapa. Mas temos de ser rápidos, né?

Calú, vermelho de raiva e de vergonha, teve de concordar.

Cerca de meia hora depois foram todos chegando, em silêncio, como convinha a um flagrante de adultério.

Estavam lá Germano, o traído, o delegado Peçanha, o escrivão, o sargento, os dois soldados e os outros frequentadores do bar. Diversas outras pessoas, senhoras e senhores, curiosos, também lá estavam para testemunhar o ato. Foram buscar até o padre Agnaldo para ele ver o que estava acontecendo.

— Mas, meu Deus, não pode ser o Januário. Logo ele, que é uma pessoa triste, respeitosa e temente a Deus. Não perde uma missa e reza até hoje pela viúva.

— Ê, padre, o senhor é meio lerdo mesmo, hein? O Januário está lá na casa dele.

— Mas então… Ó, meu Deus… Não é possível!

A comitiva reunida silenciosamente na frente da casa e o andar de cima ainda tenuemente iluminado.

Calú dirigiu-se à porta de trás da casa e bateu forte, gritando o mais alto que pôde.

— Vamos, seus filhos da puta, cachorra! Eu sei que vocês estão aí! Saiam logo senão vamos arrombar.

Continuou batendo e gritando. Lá dentro reinava desespero total.

— Ai, meu Senhor do Bonfim! É meu marido. E agora?

— Nossa, tenho que sair daqui voando.

Jaime desceu as escadas em um só pulo. Roupas voavam para tudo que é lado.

— Não! Pela porta de trás não! O Calú está lá!

— Abre, filha da puta.

Então o pobre raciocinou, cérebro fervendo. "A porta de trás está impedida. Vou pela frente".

Acontece que a chave da porta da frente também tinha sido retirada por Calú.

A porta da cozinha já cedia aos fortes murros do marido traído. Aí, o amante, desesperado, tomou a única opção que restava. "Porta de trás não dá, a da frente trancada... Vou pela janela".

Voou através do vidro e caiu na calçada, nu em pelo, sendo imediatamente alvejado pelo holofote do jipe policial.

Ali, nu e iluminado, como deve ter se sentido Adão na criação do Jardim do Éden, Jaime desconstruiu-se. Olhou fixamente para o holofote, olhos ligeiramente saltados, os rostos das pessoas a observar.

— Não sou eu.

Ninguém entendeu nada, mas ele continuava dizendo.

— Não sou eu, não sou eu, não sou eu.

A verdade é que depois de lavrado o flagrante de adultério, foi o pobre coitado encaminhado a uma instituição psiquiátrica, onde não parava de repetir:

— Não sou eu, não sou eu, não sou eu.

Até onde eu sei, Jaime saiu do sanatório cerca de um ano depois desse episódio. Calú, depois de muito custo, perdoou Maria da Penha, que continuou discreta e sóbria como sempre.

Padre Agnaldo sofreu um choque tão grande que teve de ser removido da paróquia de Curuzu. Acabou indo ajudar o bispo na capital, porque na hora da missa passou a enrolar-se todo e confundir o ritual.

Ah! Quase ia me esquecendo. A farmácia de Seo Januário continuou com o mesmo movimento de sempre, sendo depois continuado com Jaime, que acabou se casando com uma farmacêutica. O velho Januário morreu com um sorriso nos lábios.

No entanto o que muitos não sabem é que Jaime continuou a encontrar-se com Maria da Penha, até um pouco antes de o bar fechar.

Acho que o Calú zangou-se só porque foi o último a saber.

Boa essa, né?

10
CARTAS AO VILELA 2

São Paulo, 13 de junho de 2006.

Prezado Vi,

Meu amigo, hoje é dia de calçar as chuteiras e jogar. Digo jogar com as mesas e cadeiras de todos os botecos "de nível" porque hoje quase todos eles oferecem-nos uma TV como isca. Ao final do dia, restarão várias mesas e cadeiras meio contundidas, algumas até com certa gravidade, mas nosso ego altaneiro e varonil, este sim, continuará intacto e satisfeito.

Fiquei pensando na eventualidade da Croácia golear o Brasil, um 6 a 0, por exemplo. Bobeira geral, o Dida vai pegar uma bola atrasada, tropeçar, cair e deixá-la entrar mansamente no meio do gol. De repente, o Cafu intercepta com elevada categoria um cruzamento em nossa pequena área e, na hora de chutar para longe, uma crise repentina de labirintite e um petardo bem no ângulo... nosso. Comoção nacional, mas até aí nada de mais, não fossem os diversos gols perdidos pelos nossos heróis.

No meio do primeiro tempo grassa uma epidemia de bolhas assassinas devastando nossos melhores atacantes. Ronaldo, então, sai no colo do Parreira sorrindo estranhamente (de novo) e só consegue calçar as havaianas (aquela que não solta as tiras e não tem cheiro) porque não dá conta de fazer o laço no tênis. Um pesadelo. Faltam carrinhos para tirar as vítimas do campo de batalha.

Uma baita alemãzona bem nutrida oferece-se para carregar o Ronaldinho (o gaúcho), que recusa polidamente, com o sorriso que Deus lhe deu, e sai como uma cobra, deslizando rumo ao vestiário (ou bestiário?). O Kaká (com dois ks mesmo), parcialmente afetado pelo problema, tenta chegar à área adversária em uma perna só, carregando a bola na cabeça. Aí não deu, né? Enquanto isso, o juiz marca um pênalti claro cometido pelo Dida no centroavante adversário, um tal de Samir. Pô, meu! Samir? Isso é lá nome de Croata? Bem que eu desconfiei daquele turbante. Mas podemos culpar o governo, ou o Bin Laden, ou, então, o Lula (olha que beleza), ou os sanguessugas – PT, PCC, PV, PMDB... vai faltar letra.

Todos meio bêbados no bar, obviamente estávamos vendo outro jogo, em uma órbita distante.

Chegamos ao consenso de que pelo menos o Dida poderia ter degolado logo o rapaz e a honra nacional estaria lavada. Já pensou? O nosso colosso de goleiro exibindo ao mundo, via satélite, a cabeça separada do biltre que ousou desafiar o nosso pavilhão nacional. Logo a moda espalhar-se-ia e seria uma degola geral. Surgiriam vários cursos em vários níveis, faixas pretas de primeiro, segundo, terceira etcétera. Aí, depois de aprendermos a degolar, começaríamos uma nova odisseia pelos argentinos. Como os hermanos são em menor número, isso daria algo em torno de cinco por um, ou seja, equipes de cinco, um em cada braço, um em cada perna, e o quinto elemento, na cara do gol, como degolador-chefe. Haveria rodízio, é claro, sem direito a reeleição para todos poderem participar.

Pô, Vi, é difícil ficar sem sono, né? A gente começa a tentar resolver os problemas do mundo e aí a coisa não funciona. Os problemas continuam e a gente não dorme. Tem que combinar com os russos antes (Garrincha 58).

Não estou reclamando, meu caro, mas a Rosinha continua não querendo dar para mim. Qual a saída?

a. Apelar à Dona Palminha.

b. A irmã da Rosinha (Arghhh).

c. Pular pro "lado de lá". (Pelamor).

d. Continuar acreditando que a Rosinha vai mudar de ideia.

e. NRA.

Meu amigo e confidente Vilela, você sempre ficava meio quieto, apenas me escutando, mas mentalmente eu sei que me passava a solução.

E agora? Aguardo sua resposta.

Um forte abraço (com muito respeito)

JB

11
UM CASO SÉRIO

Sério? Seríssimo! Ah, rapaz, se você soubesse...

Estela era mesmo um caso sério. Toda vez que ela entrava na cantina onde reuníamos a fina flor do bom e velho "Diretório literário", eu percebia na mesma hora. Sentia logo um "quê" diferente e ficava todo arrepiado. Sei lá qual a explicação para esse fenômeno. Poderia lançar mão de teorias como a das almas gêmeas, amor à primeira vista, vidas passadas, mas a verdade verdadeira é que sempre que tal ocorria, era só olhar para trás, procurar pela musa e... pronto, lá estava ela toda TODA. Acho que Deus, depois de "produzir" tão perfeita criatura, tratou de jogar rápido a forma fora, com medo de ser plagiado por algum anjo insolente. Olhos cor de violeta, iguais aos da Liz Taylor (intimidade, né?), inteligência privilegiada, dessas de ganhar prêmio Nobel (de qualquer coisa), simpática como ninguém e, ainda por cima... BONITA.

Com tudo isso aí, você já deve ter percebido que era uma das garotas mais "paparicadas" pelo "alto clero" literário, pelo presidente do Diretório Literário. Também deve estar imaginando que eu não teria muitas chances, não é mesmo? Sabe como é, não muito alto (aquela exata estatura que livra você de ser chamado de baixinho, mas que também não o coloca no rol dos altões), gordinho, escritor, óculos, além do que uma "fartura" de grana que dava gosto.

Pô, mas vamos analisar com isenção. Em termos de conquistas sempre estive no "pelotão do meio", ou seja, raramente na "pole position", mas também nunca entre os últimos. Desse modo, por que não? (sonhar não paga imposto mesmo). Isso tudo sem falar na relativa indisponibilidade de carro, a arma número 1 da sedução naquela época (até hoje, certo?). O sujeito podia até ser meio feioso, mas se tivesse carro, um fusquinha que fosse, estava arrumado. Ora, vá, tenho quase certeza de que você, que está lendo estas minhas gotas de memória, também se lembra disso. Aquele monumento à criação era mesmo de fazer galo interromper o canto da manhã, fazer qualquer orador engasgar no meio do discurso, padre perder-se no sermão, cozinheiro esquecer a receita ou fazer professor esquecer a matéria da aula.

Quando ela chegava instantaneamente se espalhava aquele "aroma" de beleza e alegria pelo ambiente e, quando saía, deixava no ar a nítida impressão de que alguma coisa misteriosa, gostosa, indefinível, havia acontecido ali.

Gostosa, alegre, inefável e bela,
Exemplo raro, culta e inteligente,
Assim, de fato, era a linda Estela,
Em minha alma ainda tão presente.

Lembro-me bem que, bem devagarinho,
Subindo a escada com um ar contente,
Sua figura alta e seu andar certinho
Inspiravam em mim "una canción" caliente.

Salve, salve, minha deusa amiga,
Sê bem-vinda, minha muito amada,
Vem cantar comigo uma cantiga,
Perfumando a minha madrugada.

Ouve a voz, ó luz dos meus desejos,
De quem sentiu por ti muita ternura,
De quem sentindo a falta dos teus beijos,
Até mesmo nos sonhos te procura.

É, meu "chapa", vivíamos uma época turbulenta, os anos da ditadura militar no Brasil varonil, em que o povo, antes alienado pelas conquistas da seleção de 70, começava já a perceber que o "país que vai pra frente" não era tão "pra frente" quanto diziam os fardados. A censura, as perseguições políticas, os sequestros, os "sumiços" de alguns (que não foram achados até hoje), o exílio de muitos. Tudo, enfim, além do contexto internacional, as revoltas dos estudantes europeus iniciada em 68 (principalmente na França), conspirava para que aqueles anos fossem também de muita produção cultural.

As explosões dos famosos festivais de música da Record, que acabaram dando origem a muitos outros pelo interior do país, contribuíram para criar um clima de clandestinidade gostoso, romântico, para todos nós, envolvidos com a cultura. As músicas de protesto eram muito populares e vários autores teatrais também conseguiram impor-se pela coragem no enfrentamento da truculenta estrutura, pensada e armada pelos generais para manutenção do regime – Plínio Marcos, Chico Buarque, os exilados Caetano e Gil, Maria Betânia, Geraldo Vandré, Henfil (inesquecível) e tantos outros, cujas músicas, peças e obras embalaram os sonhos mais caros e bonitos de nossa mocidade.

"Coisas que a gente se esquece de dizer,
Coisas que a gente não se cansa de voar...
Você leva o tempo, o sol na cabeça,
O sol leva o tempo, você na cabeça,
O sol na cabeça...".

Marcos e Paulo Sérgio Valle. Sei lá, mas sempre que ouço essa canção vem-me à lembrança a figura de Estela e a alegre turma da boate "Goodlove" (fictício também, é claro). Luzes, sorrisos, a cervejinha de mão em mão, o cigarrinho, desnecessário, na verdade, devido à alta concentração de fumaça no ambiente. Era sempre muito escuro, mas, por uma daquelas razões que a própria razão desconhece, todos distinguiam-se perfeitamente e se cumprimentavam, mesmo à certa distância, criando aquela aura de "tchurma" gostosa e desarmando os espíritos.

Um dia eu pensei que ia "desencantar". Estava sentado num daqueles nossos bancos da pracinha interna, onde ficávamos à sombra, curtindo um dos meus momentos de paz (como convém a um lutador), quando Ela chegou e, como quem deseja conversar um pouco, sentou-se ao meu lado. Fiquei sem saber o que fazer. Imagine você, a garota mais MAIS ali, ao meu alcance. Lembra a história do cachorrinho que corre atrás dos carros?

Pombas, que assuntos eu teria para conversar? Justo com Ela, que certamente tinha acesso a tantos outros "bons partidos" e assuntos, convenhamos, talvez até muito mais "interessantes" do que os meus. Várias opções passaram pela minha cabeça. Política? Música? Boate (para variar um pouco)? Declamar uma poesia improvisada (Aaaargh!)? Qualquer coisa parecia tão prosaica e sem sentido naquela hora de "quase-pânico". No entanto, para surpresa minha, nosso "papo" fluiu com bastante facilidade e clareza e descobri que existia também uma pessoa maravilhosa por trás daquele brilho todo, daquele mito. Foi um dos bons momentos que me fazem recordar com saudade daqueles tempos de ativismo literário.

A gente ainda se vê por aí, de vez em quando, já um pouco "diferentes", um algo mais aqui, um pouco menos ali, alguns fios prateados distribuídos aleatoriamente em seus cabelos, mas a essência continua a mesma. O brilho e o mito permanecem para sempre gravados em minha alma, bem como sua figura mágica enfeitando minhas lembranças. É realmente um caso sério, não é?

12
SALVE LINDO...

E a turma seguia cantando aquele hino: "Salve lindo pendão da esperança...".

De repente, o sargento Alencar achou que era hora de parar. Não sei até hoje como ele fazia para definir quando era hora de parar e quando era hora de marchar.

Devia ser algum sinal ligado à fase da lua, o jeito do pardal olhar para o lado, a nota musical do primeiro pio noturno da coruja. Bom, fato é que, naquele instante, algum sinal do infinito havia acenado a ele que estava na hora de permitir que nós outros aqui, mortais silvícolas, pudéssemos descansar. É evidente que eu jamais diria isso tudo a ele porque senão aconteceria comigo o mesmo que o Vicente, que ousou fazê-lo. Durante um bom tempo tornou-se o preferido "faz tudo" do sargento, desde limpar latrinas a desentocar ninho de metralhadoras dos alemães. E aí, coitado, já viu, né? Voltou mais cedo pra casa.

Não entendíamos direito o que estava acontecendo, o porquê de não irmos também para casa, aproveitando que ainda estávamos inteiros. A guerra já havia terminado, se bem que na semana anterior apenas, mas estava tudo liquidado. Os alemães entregavam-se aos magotes e nós íamos empurrando os infelizes para onde julgávamos ser a retaguarda. E, assim, um ia empurrando para o outro, até que um dia apareceu-nos um sargento alemão com seus homens, mãos à cabeça, louco da vida, dizendo que já estava cansado de ir para lá e para cá.

O homem, que tinha parentes no Rio Grande do Sul, estava com a razão, como todos nós. Na verdade, o sargento alemão já tinha passado por nós há uns dois dias e tínhamos mandado ele e seu pelotão para a retaguarda. Acontece que vários outros fizeram o mesmo e, cumprindo um ciclo, lá estava ele de novo.

Como eu disse, a guerra havia terminado há uma semana e continuávamos na Itália, terra de nossos antepassados. Nós todos, componentes da gloriosa força expedicionária brasileira, éramos recebidos como irmãos pelo alegre povo italiano, as mulheres. Ah, essas italianas! Daria material para escrever muitos livros.

Um belo dia, céu de brigadeiro, marchávamos para o norte, pois o bendito Alencar tinha conseguido permissão para ir até Roma. Ao longo do caminho, muita desolação, crateras para tudo que é lado, fome, casas em ruínas. Pensei comigo quem tinha sido pior para aquele povo, se os alemães, os americanos, os brasileiros ou os próprios soldados do "duce". A verdade é que os americanos sabiam fazer um bombardeio, não deixando nada para contar história.

Passávamos no meio de uma cidadezinha, ou o que restava dela, quando o sargento novamente recebeu um daqueles avisos do céu e ordenou a todos nós para descansarmos. Ficamos por ali perto de meia hora e ficaríamos mais se não tivesse ocorrido um imprevisto.

Os urubus e outras aves de rapina eram senhores do céu, na busca por carniça de animais e até mesmo humana, da enorme quantidade de insepultos por debaixo das marquises e prédios desabados.

De repente, reparei no céu, bem lá no alto, as tais aves fazendo uma espécie de coreografia para cá e para lá. Demorou alguns minutos para perceber que não eram aves, mas, sim, aviões. Deviam estar em treinamento para desenferrujar as asas.

Num dado momento, alguns deles, em fila indiana, mergulharam abruptamente e tomaram a nossa direção, chegando pouco a pouco e dando um rasante em nossas posições. Nessa hora vimos que um deles trazia as insígnias da Luftwaffe, a outrora temida força aérea alemã.

Devia ser algum americano experimentando a máquina alemã, uma das muitas capturadas após o final dos combates. Começamos a prestar atenção naquilo e a rir, porque parecia que o "alemão" estava dando um "baile" nos americanos. Apelidamos o "alemão" de Friedenreich, grande goleador do Corinthians (do São Paulo, né?) de então.

Alencar e seus "acólitos" estavam mais à frente num descampado, desprezando olimpicamente nossos gritos de torcida. Certamente, pensei, deve estar traçando altas estratégias para determinar como iríamos conquistar Roma, envolvendo o quinto exército americano num movimento de pinça e caindo em cima das tabernas e pizzarias dos "inimigos".

Naturalmente, seria necessário confiscar toda a bebida, sobretudo os vinhos, que poderiam representar perigo para nossos aliados, sem falar nos queijos e nas massas, elementos engordativos, perigo potencial para a mobilidade do exército. Poderia, até, quem sabe, significar a virada e a revirada da guerra. Estava meio "alto" e, em meu pequeno delírio, pensei que, se os italianos tivessem nos "bombardeado" com "margueritas", queijos e vinho, seu esforço de guerra teria sido mais eficaz e estaríamos perdidos rolando pesadamente de volta até as praias da Sicília.

No céu prosseguia a brincadeira do Friedenreich com os americanos. Estava dez a zero, sei lá, para o alemão, e olha que os americanos estavam em três.

Minha visão já ficava meio turva, com o cansaço tomando conta da minha vontade de ficar acordado. Os olhos abriam e fechavam ao sabor dos gritos de "olé" dos "torcedores".

Num desses intervalos de tempo em que meus olhos ficavam abertos, pude ver os quatro brincalhões vindo para um novo rasante sobre nós. Não sei por que, senti que algo estava fora do "script". Alguma coisa desprendeu-se do avião do alemão, que ganhou altura rapidamente, seguido pelos "adversários". O tal ovo veio caindo diretamente sobre o grupinho do Alencar, que não estava nem aí para o mundo, examinando seus mapas.

Não deu nem tempo para falar nada. Foi como em câmera lenta que eu vi tudo acontecer. O tal ovinho caindo, caindo, num movimento levemente circular, aproximando-se, até que finalmente… caiu. Não consigo apagar da lembrança as imagens – semiapagadas pelo sono –, dos últimos microssegundos do "filme", com o pequeno "presente" do "alemão" enfim atingindo seu alvo.

O "alemão", que depois viemos a saber tratava-se de um alemão de verdade, devia ter feito algum curso de pós-graduação com os pombos da praça da República em São Paulo, porque seu "presentinho" caiu exatamente no meio do capacete do infeliz Alencar. Não sobrou nada do grupinho e nós ficamos todos boquiabertos, traumatizados até a medula, com o acontecido.

Tudo ali parecia fora de propósito, fora do "script". Afinal de contas, a guerra tinha ou não tinha acabado? E a nossa "conquista" de Roma, como ficaria? Será que éramos nós os perdedores e não estávamos sabendo?

Aos poucos fomos recobrando o poder de ação e rastejamos lentamente até a cratera aberta pela explosão na vã esperança de que alguém pudesse ter sobrevivido àquela enorme explosão. Bom, não foi das maiores, mas, devido ao imprevisto, a impressão que causou foi a de que tínhamos sido alvo de uma bomba atômica.

No entanto não encontramos absolutamente nada para recolher ou enterrar. Parecia até que o Alencar e sua turma tinham sido desmaterializados e enviados para outra dimensão. Somente alguns botões chamuscados, os fuzis, um resto de cantil aqui e outro ali. Meu Deus, o que haveria para ser enterrado?

Parecia que os deuses da guerra estavam querendo brincar conosco, dando-nos a honra de fornecer os últimos mortos naquela guerra de malucos. A última bomba, a derradeira bombinha, uma só, uminha, só ela em todo aquele céu, lançada em não sei quantos quilômetros quadrados de território, por um "chucrute" qualquer, um daqueles que ainda achavam que o tal "führer" era invencível, o último dos alemães lunáticos sobre a Terra. E não é que exatamente aquele dia, aquele último alemão lunático resolveu suicidar-se e lançar sua última bombinha justamente no Alencar?

Isso seria difícil de explicar. A não ser por um incomensurável e estratosférico azar que, afinal, provava cientificamente sua existência a todos nós.

Ah, meu Deus, e agora lá íamos nós de volta para as praias da Sicília sem conhecer Roma. Como íamos fazer para levar de volta os corpos dos nossos companheiros se não haviam restado corpos? Seria ridículo enterrar solenemente alguns botões e um pedaço de cantil e, portanto, resolvemos fazê-lo ali mesmo, jurando guardar o "segredo" entre nós. Escolhemos um descampado fora dos limites do pequeno vilarejo e improvisamos um "enterro", com direito a oração do Clodoaldo, que, entre nós, era o que mais entendia de religião. Ficaram até parecendo covas "verdadeiras", cheinhas de terra, iguais àqueles montinhos que se vê no cinema, com os fuzis e alguns capacetes emprestados à cabeceira.

Não teria mais graça a "conquista" de Roma sem o Alencar. Era um sujeito sisudo, de poucas palavras, mas era um cara legal, honesto e leal. Gostaria de tê-lo conhecido sob o efeito dos vinhos "inimigos" e dos perigosos queijos e "margueritas" de Roma.

Depois da pequeníssima e singela cerimônia, nem foi preciso dar a ordem. Fizemos meia-volta e encetamos caminhada até a sede do regimento, de modo a buscar alguma forma de retornar ao Brasil. Os colegas voltariam conosco em nossos corações, em nossas lembranças.

Ah! Quanto ao alemão? Ninguém soube nos explicar nada, nem mesmo os americanos. Quem sabe o tal "chucrute" não tinha também botado um ovo em cima deles?

"Salve lindo pendão da esperança...".

13
LIBERTAÇÃO

As balas zuniam para tudo que é lado e eu lá no fundo da trincheira, com um medo danado. Pareciam até ter vontade própria, o diabo das balas, adivinhavam o que eu pensava fazer.

De tanto levar tiro, minha silhueta estava praticamente recortada contra as paredes do abrigo improvisado, caprichosamente, como se alguma força desconhecida quisesse me ensinar alguma lição. Bom, lição ou não, o fato é que naquele momento meu mundo resumia-se a um fundo úmido e malcheiroso de trincheira, junto com um monte de cadáveres que ninguém ia buscar.

De repente parava tudo, nem um som, horas sem nada acontecer, e aí eu arriscava uma olhadinha pelo buraco da barricada. Era o bastante. Começava tudo outra vez.

"Porra! Será possível? Não dá tempo nem pra cagar!".

Atirava-me de volta ao meu buraco e ficava lá, esperando o pessoal cansar e aparecer uma nova calmaria.

Um dia, apareceu um pombo e pousou justamente no topo da barricada. Imagine você, um pombo, logo ali perto de mim, que já não comia carne há não sei quanto tempo. Depois que você entra em combate logo esquece o gosto de comida propriamente dita, uma vez que, para nós, "pés de poeira", só servem uma espécie de ração enlatada com gosto de comida de cachorro.

Procurei aproximar-me vagarosamente, fazer amizade com o bicho, não espantá-lo. Quem sabe estava chegando a hora de "tirar a barriga da miséria".

"Mas que miséria, hein? Um mero pombinho. Não tem vergonha, não? Não vê que é um sinal, um símbolo?".

Era a figura da minha consciência miserável, que não perdia uma oportunidade para me aporrinhar a paciência. Depois de todas aquelas batalhas minha consciência começou a aparecer para mim com mais frequência, além de adquirir uma textura mais concreta. Quase dava para pegá-la, o que eu já teria feito se pudesse, esganá-la com todo o gosto, mesmo que por um instante apenas. O problema é que a desgraçada vinha com uniforme de general e queria mandar em tudo.

Mas eu tinha perdido mesmo toda a vergonha. Nem que fosse para comer com pena e tudo, porque eu não estava mais nem aí para a torcida.

"Que vergonha nada, seu burro. 'Tchutcho'. Quem você pensa que é? O dono da verdade? Aquele pombo veio aqui como um sinal, sim, mas para meu estômago. Do jeito que eu estou parece até um peru recheado".

O general olhou-me com aquele olhar de desdém que me matava de raiva. Acho que ele sabia como me irritar, porque, afinal, era a minha consciência... ou não? Bom, fosse ou não fosse, eu estava encrencado de qualquer jeito.

"Bem se vê que não passa de ralé, um simples soldadinho de chumbo, alvo para os outros. Por que você não usa uma camisa com um alvo pintado? Ficaria mais fácil e acabaria tudo de uma vez. Economizaria um monte de tempo para todos e para mim, logo eu, que fui designado, não sei por que pecados, para pajear um pé de couve".

Senti aquele vermelho tomar conta de meu rosto, mas precisava manter a calma, ir devagar, senão espantava o precioso pombinho, meu jantar, ou almoço, ou qualquer coisa. O ronco à "meia-nau" ficava cada vez mais ruidoso, revelando a impaciência do meu organismo. Parecia até ouvir meu estômago, fígado, intestinos, xingando-me em coro.

"Incompetente, incompetente, incompetente. Anda logo, seu burro, que ele vai fugir. Incompetente, incompetente, incompetente".

E ali, logo à minha frente, aquele general de merda, todo empetecado, cheio de medalhas e outros que tais, como haveria de ser um general na minha cabeça. O que tornava pior nossa contenda particular é que... bem, ele era a minha cara.

"Fica quieto agora, general, que estou quase lá. Agora, devagar... Vem cá, benzinho. Piu, piu, piu, piu, piu".

Súbito, uma voz de comando.

"Alto lá! Já preencheu os papéis? Como ousa servir-se da natureza sem encaminhar o pedido de acordo com os procedimentos burocráticos do exército? Sabe que pode ser fuzilado por isso?".

Quase tive um ataque, espasmos de raiva.

"Fuzilado? Será que você é cego? O que você acha que está acontecendo aqui? Eu já estou sendo fuzilado e não é por ter comido um pombo. Sabe por quê? Porque uma besta como você me convenceu de que eu teria de vir aqui, sair com esse povo aí no braço, para salvar a pátria".

Novamente aquele olhar "blasée".

"Bem se vê. Se a pátria dependesse de outros como você, que só consegue pensar num pobre passarinho, estaríamos todos perdidos. Ora, meu jovem, para subir é preciso pensar grande, estrategicamente. Imagine por que aqueles soldados logo ali na frente ainda não atacaram de vez. É porque o general fulano quer fazer um movimento de 'pinça', pelo flanco esquerdo, para depois, numa rápida penetração em profundidade, fazer um envolvimento pivotando pelo lado direito...".

Meu Deus! Será que ninguém conseguia acertar aquele cara? Era muito para mim, ficar condenado a ouvir aquela lengalenga toda. Ele não parava quando começava com aquelas considerações todas sobre pinça, profundidade.

"Ô, general, por que aqueles pamonhas do outro lado não conseguem acertar um oficial? Por que você ainda não caiu morto para me deixar em paz?".

Parou de falar rápido, olhou-me finalmente com aquele seu olhar misto de superioridade com desdém.

"Mais uma prova de sua ignorância. No meu caso é evidente, porque não estou mais neste mundo, mas nos casos dos oficiais, a razão óbvia é que são muito mais valiosos do que um pobre coitado como você. Se morressem, quem é que daria os gritos de guerra em plena batalha? Quem é que chutaria a bunda dos covardes para avançar durante o combate? Quem é que receberia a rendição do oficial inimigo ao final de tudo? Não, meu amigo, é claro que a natureza, que a tudo governa, protege aqueles que têm mais valor. Se morressem só os chefes, quem iria comandar vocês, pobres coitados nascidos para a vassalagem?".

Fiquei imaginando como seria bom se aquele desgraçado fosse o pombo. Poderia me vingar gostosamente de todos os desaforos.

"Não se lembra de quando foi ferido e levado ao hospital? O que aconteceu lá?".

Claro que eu lembrava. Levei um tiro "de sorte", porque "só" pegou carne, passando de um lado para o outro sem causar maiores problemas. Na hora pensei que tinha ido, que iria, afinal, encontrar meus antepassados, ou sei lá o quê. Mas não fui. Fiquei lá uma semana me recuperando, após o que o doutor mandou-me de volta (Deus do céu) para minha unidade.

Eram levas e mais levas de infelizes que entravam e saíam em carroças para as valas comuns. Lembro-me de que escutei um dos sargentos reclamar da quantidade de trabalho daquele dia, as cartas que teria de escrever para as famílias, teria que achar os comandantes dos coitados para que eles assinassem antes de mandá-las pelo correio.

Éramos apenas números, nada mais do que números, um carimbo a mais na papelada, um selo a mais para pagar aos correios, uma despesa, uma folha a mais a ser datilografada. Mas também uma farda de inverno a menos para distribuir aos recrutas, um argumento a mais para usar com os novos, incitando-os a "vingarem" a morte dos companheiros, aqueles que morreram em defesa da pátria. Dependendo das circunstâncias, talvez, de fato, valêssemos mais mortos do que vivos.

Num daqueles dias, durante uma caminhada pelos corredores, vi que do outro lado do hospital ocorria uma cena inusitada, rara aos meus olhos. Vários oficiais em traje de gala carregavam chorosos um ataúde nos ombros, ao som das batidas ritmadas de um tambor. Resolvi chegar mais perto para observar melhor a cena, depois inesquecível.

Do outro lado dos portões do hospital aguardava uma ambulância, só que do exército inimigo. "Meu Deus", pensei, "do inimigo". Mas o que eles estavam fazendo ali?

Aproximei-me de um dos vários ajudantes de ordem ali presentes e perguntei qual a razão daquilo tudo. Afinal, estávamos em guerra e no campo de batalhas vale tudo. Nossos mortos eram enterrados por lá mesmo, com identificação, capacete e fuzil. Então por que a razão de toda aquela cerimônia, ainda por cima com o inimigo?

"Ora, mas você não entende? O morto ali era o general beltrano do exército alemão, que, por sinal, era parente do general sicrano, nosso comandante".

Fiquei pasmo. Mas e daí? Era um adversário, um inimigo que combatíamos na unha e nos dentes lá nas trincheiras. E nós?

"E tem mais. Nosso general está inconsolável. Imagino como ele vai fazer para contar à sogra que beltrano morreu".

Fiquei muito mais do que puto com aquilo. Uma mistura de sentimentos. Então eu me matava, passava fome, sede, vivia de brisa, encarava os chucrutes na faca, para aqueles franguinhos ficarem ciscando pra lá e pra cá, pavoneando-se e contando vantagens à sala de jantar?

"Sabe, dona Mariquinha, fulano quase tomou minhas posições hoje. Acho que a senhora vai ter de repreendê-lo, ou, então, arrumar o casamento de meu filho com a sua neta".

"Ó, mas que acinte, beltrano. Fulano, comporte-se, senão seu pai vai ter uma conversinha com você mais tarde, sim?".

Era outro mundo o dos poderosos. Nossa lógica não servia ali, onde os nossos vertiam lágrimas quando morria um adversário e ficavam enraivecidos quando tinham que escrever condolências às nossas famílias. Para eles não éramos nada mesmo.

Pena que descobri isso muito tarde, quando a metralha e o cheiro da morte já estavam roncando, eu mesmo correndo de buraco em buraco, ouvindo os gritos dos comandantes por trás das nossas linhas.

"Vamos, covardes! Não voltem com as mãos vazias senão mato todo mundo! Andem, filhotes de lagartixas! Mostrem do que são feitos!".

E lá íamos aos magotes, ao encontro de outros, talvez mais perplexos do que nós com aquilo tudo, com os mesmos olhos medrosos, mijando e cagando nas calças do mesmo jeito que nós. Mas eram os inimigos, certo? Depois de algum tempo, para acostumar, acabávamos assumindo o papel de peões naquele jogo dos poderosos, e a única coisa que contava era permanecer vivo para voltar.

E "ele" continuava lá, impávido, de pé, no meio da trincheira, com sua farda elegante e suas medalhas reluzentes. Acho que eu tinha ficado louco, até como uma autodefesa, para ter alguém com quem conversar e que... não morresse. Mais um pouco e acabaria gostando daquele pavão emplumado que, afinal, era um pouco daquilo que eu mesmo tinha me tornado.

Resolvi ganhar um pouco de tempo para que o sujeito não me fizesse perder a calma e espantar o meu jantar empenado lá em cima. Tinha que convencê-lo a me deixar em paz para poder saborear a refeição, trazê-lo para o meu lado, talvez para me ajudar na empreitada.

"Sabe de uma coisa? Queria ver você aqui no meu lugar, o que faria. Certamente perderia toda essa pose e pararia com essa empulhação pra cima de mim. Por acaso já viu a cor de uma batalha? Já pegou algum na baioneta? Já deu um mísero tiro, unzinho que fosse? Por que não vai lá em cima ver como é?".

Sua resposta veio rápida.

"Olha o trem da ignorância. Por isso entendo sujeitos como você. Vamos fazer uma coisa, então. Por que não vamos os dois lá pra cima? Às vezes, pode não ser tão ruim como você está pensando".

Acho que aquele infeliz era mesmo um panaca para não ver o pau comendo para todo lado. Também, o que você esperaria de um cara que não existe?

"Olha, consciência ou não, só se for para pegar aquele maldito pombo. Não vou colocar a cara na mira de um fuzil só para mostrar a um merdinha com lantejoulas como você que eu sou o tal. Passei dessa fase".

Lá em cima, o pombinho parecia olhar-nos cada vez mais impaciente, direto em meus olhos. De repente, senti um frio intenso tomar conta do meu corpo. Uma calmaria fez-se sentir, um pesado silêncio dolorido.

"Vamos lá, rapaz, pegar o pombo. Veja! Parece até que ele está te chamando".

O sol entrava agora até o fundo do meu buraco na trincheira. Olhei para os lados e não mais vi meus companheiros mortos. Tudo era um verde só, uma grama rala e uns girassóis aqui e ali.

Só minha consciência teimava em ficar ali comigo.

"E agora? O que está acontecendo? O que você está tramando, maldito? Por que esse frio? Estamos no inverno? Se estamos, onde está a neve? Preciso pegar meu agasalho senão vou congelar".

"Deixa isso pra lá. Veja as flores, os girassóis. Não são bonitos? Nasceram de você. Vamos! Venha comigo até lá em cima onde está o pombo".

O frio aumentou consideravelmente. Senti meu corpo como se abrindo por inteiro. Ruídos parecendo pás e picaretas batendo na terra.

Mas quem eram aquelas pessoas?

"Minha nossa, Jean! Veja aquilo! Parecem restos de uniforme e um monte de ossos humanos. Veja o capacete. Deve ser muito antigo".

"Tem razão, Pierre. Vamos ver o que é. Ajude-me aqui".

Que frio estava sentindo. De súbito, entendi tudo.

"Olha só, Jean. Primeira guerra, com certeza. Pelo uniforme deve ser inglês. Vamos deixá-lo por aqui enquanto avisamos o comissário Richet".

Senti minhas mãos serem tomadas pelo "general", que me levava em direção ao topo da pequena colina que defendíamos em Flandres.

Senti vontade de voar… E voamos, eu o general e o pombo.

14
À BEIRA DO CAMINHO

Caíam os céus por sobre a floresta, faíscas iluminavam a paisagem triste e amedrontada. Parecia mais uma batalha travada entre os elementos, um barulho infernal de trovões e de água das cascatas noturnas.

Nada se movia. Parecia que o mundo dos vivos havia dado um tempo, escondido para aguardar que serenassem os ânimos exaltados da natureza. As encostas do monte vertiam rios de lágrimas, arrastando consigo galhos, arbustos inteiros, pedras e o que estivesse no caminho.

No topo do morro, por entre as árvores, pés ligeiros corriam sem rumo certo. A figura atormentada ria e chorava ao mesmo tempo, fisionomia incendiada em insana alegria.

"Consegui", disse o homem, "trazer para o meu lado as forças das trevas. Ela é minha agora. Minha para sempre".

Para de repente, ouvidos atentos.

"Estão de volta. Os malditos estão de volta. Posso escutar os seus passos à distância. Tenho que correr".

E correu… correu… e correu em meio à chuva torrencial.

"Maldito Arthur. Jamais me pegará vivo. Antes disso eu já terei levado comigo a minha amada".

E riu… chorou… correu.

O palácio estava iluminado feericamente como nunca antes.

Gente elegante a mover-se por todo lado, conferindo vida ao imenso corpo do vetusto solar.

Lá fora, carruagens de todos os tipos, valiosos animais e serviçais envergando vistosas librés, cada uma desenhada com o escudo de armas de sua casa de origem, que não eram poucas naquela noite.

Ali compareciam os Príncipes de Savoia, os Condes de Rizzieri, vizinhos do anfitrião, o jovem Conde Alexandre, herdeiro de valiosas terras ao sul, dono de notável inteligência e coragem, além de muitas outras tantas cabeças coroadas que ali estavam.

No topo do morro de Siena, uma magnífica visão para quem olhasse a paisagem desenrolando-se até a linha do horizonte. Parecia que algum anjo de luz havia descido à terra para abençoar-nos e pintar aquele maravilhoso quadro.

A jovem Condessa Ariadne era o centro das atenções de todos, com seu sorriso gracioso e seu porte elegante. A própria natureza parecia dobrar-se ante tamanha beleza, contribuindo para adornar a sua bela figura com um magnífico céu coalhado de estrelas, salpicando de alegria o transbordante manto de juventude da jovem senhora.

"Será que um homem da minha posição e estirpe merece ser tratado com tal desprezo por essa gente? Eu não mereceria jamais usar meu nome se permitisse ocorrer tal coisa sem fazer algo a respeito".

O jovem Conde Alexandre nutria, já há algum tempo, secreta e doentia paixão pela jovem senhora que, no entanto, nunca havia dado motivos para incentivá-lo a tanto.

Os dois rivais, Alexandre e Arthur, haviam crescido juntos, mercê da grande amizade que unia ambas as famílias. Haviam frequentado os mesmos salões e os jogos da juventude, tendo também sido companheiros de armas nas cruzadas à Terra Santa, o que produziu um forte sentimento de companheirismo e amizade entre ambos, culminando com uma aproximação ainda maior entre suas respectivas casas.

Desde a juventude, em suas andanças pelo Oriente, marchando junto aos exércitos de Ricardo, chamado o Coração de Leão por sua bravura, Alexandre tomou contato com a filosofia oriental, tornando-se mesmo aplicado estudioso das ciências perdidas, encerradas nos mosteiros da Terra Santa, ao redor do palco onde ocorreu talvez a maior injustiça cometida pelos homens.

Certo dia, ao sair em patrulha, Alexandre e mais uma dezena de companheiros viram-se atacados por tropas do islã em grande número. Durante a luta que se seguiu, Alexandre levou certeiro golpe, perdendo os sentidos e caindo do cavalo, sendo dado como morto por ambos os lados.

Acordou em escuro lugar, iluminado apenas pela bruxuleante chama de uma lâmpada de azeite. Levou automaticamente a mão à espada, mas aguda dor no lado esquerdo do peito fez com que se aquietasse novamente, sentindo-se sonolento e impotente.

— Os deuses do destino lhe deram outra oportunidade rapaz. Não force a sua sorte.

Forçou mais os olhos, procurando acostumá-los à pouca luminosidade do lugar.

— Quem está aí? Você, que fala a minha língua, onde estou? Quem é você? Preciso voltar às nossas posições.

— Na verdade, falo todas as línguas, sou de nenhum lugar e de todos ao mesmo tempo. Nada tenho a ver com as suas posições ou de outros. Minha vida é universal, ao contrário da sua, que um golpe de espada pode levar.

— Quem é você?, Alexandre perguntou novamente.

— Dê a mim o nome que achar melhor. Que tal Pedro? Está bem assim?, revelou a presença de alguém, um ancião, cabelos e barbas brancas e longas como sua presumida idade, vestindo tosca túnica branca de linho que lhe caía até os tornozelos.

Seus olhos azuis, no entanto, sugeriam uma vida infinita e firmeza tão grande que Alexandre levou um choque ao fitá-los.

— Jovem, a morte não o quis por enquanto. Por essa razão, repousa agora o seu corpo mais um pouco para dar tempo a que os anjos da vida instalem-se novamente dentro de você.

Pousou as mãos em seus olhos e… tudo escureceu.

Teve sonhos e visões horríveis. Estava em um lugar semelhante a um mosteiro, com gente de aspecto estranho, trajando longas túnicas, que apontavam em sua direção.

Culpa, uma inexplicável culpa foi o que sentiu por aquilo tudo e saiu correndo em desespero, suas vestes voando ao vento, fugindo de seus pensamentos. A cada esquina mais gente aparecia e atiravam-lhe coisas.

Um rosto sofrido de mulher, com uma adaga cravada no peito.

Culpa... Correu. Pedras. De repente, o vazio e um corpo que caía, caía, caía... E acordou sobressaltado, ainda dentro do aposento escuro onde estava a recuperar-se, banhado de suor, em pedidos delirantes de socorro.

O ancião desvelou-se em cuidados nessa e em muitas outras noites. Era preciso, algo precisava ser feito, estava previsto e ele sabia.

E os sonhos voltavam, vezes sem conta, até que foram sumindo aos poucos, seguidos por suave tranquilidade, trazendo ao guerreiro enfermo a paz necessária ao seu restabelecimento.

Acordou com um reflexo dourado em seus olhos. Era uma espécie de colar com um amuleto à luz da chama, ao lado a figura do ancião, a fitá-lo em serena expectativa.

"Então era verdade", pensou Alexandre. Ao menos você era verdade. Que lugar é este?

— É tão importante assim saber onde você está?, quis saber o velho.

— Olha, senhor, tenho que voltar agora às nossas linhas, pois estamos em retirada. Se eu não voltar logo estarei irremediavelmente perdido, jamais me encontrarão.

— As pessoas certas já o encontraram.

O tempo passou em enxurradas rápidas e a figura do velho eremita agonizava.

O jovem Conde sentia que essas eram suas últimas palavras, mas nada podia fazer para alterar a natureza das coisas.

— Sinto grandes conflitos dentro de sua alma, sua história é cheia de desvios e perigos pelas esquinas do tempo. Apesar disso, o que vem por aí dependerá da vontade que tiver de realizá-las. Seja senhor de si mesmo, e quando olhar para trás e lembrar-se de tudo o que passou, parecerá apenas um sonho ruim e passageiro. Lembrar-se-á de um irmão verdadeiro, viajante do tempo, um ponto de partida para sua elevação. O cuidado maior que deve ter é com a sua própria inconstância e com as forças antagônicas que se batem dentro de você. Faça com que vençam sempre as forças da harmonia. Esse é o segredo.

E se foi, finalmente, Pedro, o eremita, qual chama que se apaga ao término do azeite que a alimenta. Ficou apenas o invólucro sem vida, mudo, uma construção elementar, sem sentido quando vazio, aos pés do guerreiro.

"Nunca o esquecerei", pensou Alexandre.

O caminho de volta foi, de fato, longo como previu o velho sábio. Passou pelas terras altas, por regiões nunca vistas, mas algumas estranhamente familiares, onde se sentia à vontade para meditar e dizer orações aprendidas com o velho Pedro.

Passou também pelas terras geladas, onde pôde experimentar a fome, a sede, onde foi saqueado, preso, enjaulado, vendido como escravo. Nunca imaginou que tais coisas pudessem lhe acontecer. Encontrou pessoas, gente diferente, falou com a língua do espírito e também ouviu… e viu.

À noite, quando descansava o corpo, o jovem Conde passeava, às vezes fugia daqueles mesmos que lhe apontavam frequentemente nos sonhos turbulentos da enfermidade.

Houve uma vez, no entanto, que foi diferente.

— É nosso! — gritou um deles em júbilo.

— Após tanto tempo procurando conseguimos achar o assassino. Nossa sede de vingança será saciada, afinal.

— Não fugirá novamente. Mudou-se para um lugar estranho aos nossos olhos, mas agora não conseguirá mais escapar. É só uma questão de tempo. Haveremos de fazê-lo perder, o rapazinho que quis ser nobre.

Muitos risos horrendos, uma verdadeira algazarra formou-se no grupo de perseguidores, em macabra comemoração.

Finalmente, depois de muito caminhar, Alexandre acabou voltando para sua casa. Houve grande júbilo pelo seu retorno inesperado, pois tinha desaparecido há vários anos, durante a campanha de Ricardo, e tinham-no dado como morto. Muita coisa tinha acontecido nesse ínterim. Às instancias do seu irmão João (o João Sem-Terra), da Inglaterra, com o rei da França, Ricardo encontrava-se aprisionado pelos franceses, que exigiam gordo resgate para sua libertação.

Por fora, Alexandre ainda era jovem, mas por dentro, em seu íntimo, centenas de anos haviam se passado. O seu ser fundamental, no entanto, permanecia o mesmo. A velha luta entre alguma coisa ardente, terrivelmente bela, voluptuosa, contra outra, branca, de imaculada beleza e harmônica pureza. Ainda reverberavam em seu íntimo as palavras e os ensinamentos do velho Pedro, seu salvador.

"Há que ser perseverante no caminho e olhar sempre para o alto, de modo que possam descer sobre você, em corrente ininterrupta, os princípios básicos vivos do universo. Repousa sobre todos nós o futuro de tudo o que construímos neste mundo, dependendo da qualidade de nossa semeadura a qualidade da colheita que teremos mais tarde. Nossos caminhos são diferentes, mas conduzem ao mesmo lugar. Leve em seu espírito, em seu templo único universal, essas poucas sementes do conhecimento e desenvolva-as, para que sua sabedoria seja forte e sadia, fazendo de você mais um guardião em constante vigília".

Grande surpresa para o jovem Conde Arthur, companheiro de batalhas, ao ver a figura desgastada de Alexandre surgir em sua sala, anunciado pelo criado.

— Incrível! Mas por onde andou, rapaz? Quase me mata de susto surgindo assim, de repente, como alma penada fugindo da morte.

— A eternidade não me quis, nem os anjos, nem os demônios, disse Alexandre. Temo ser imortal.

— Não brinque. Venha cá e nos conte tudo. Onde esteve e o que andou fazendo durante todo esse tempo. Quantas aventuras não deverá ter passado. Espere um pouco enquanto chamo todos para vê-lo. Rapaz, não é sempre que um morto retorna do túmulo.

Estando só por alguns instantes, Alexandre pôs-se a passear distraidamente os olhos pela decoração do solar.

"Grande sujeito o Arthur", pensou. "Tem uma família numerosa, pais carinhosos e dedicados, bem relacionado na Corte, muito bem posto pelas coisas boas e belas da matéria e do espírito".

Há muito tempo ouvia-se falar das obras daquela gente em prol dos necessitados das redondezas. Realmente haviam feito um grande trabalho erguendo um hospital em um mosteiro abandonado, além de ter contratado alguns professores para ensinar aos filhos de seus funcionários. Enfim, escolas, casas e terras para todos poderem morar e trabalhar em sociedade, tudo mantido sob as ordens do velho Conde, pai de Arthur.

Quantos artistas haviam sido ajudados, pensou, quantas coisas podiam ser vistas, testemunhadas pelas várias obras penduradas por toda a parte, nas salas, nos corredores, nos jardins.

Súbito, ouviu um ruído e voltou-se para cumprimentar os donos da casa, e sentiu o sangue gelar. Ao contemplar o rosto sereno de tão graciosa donzela, não conseguiu disfarçar. Sentiu o chão fugir-lhe aos pés e tudo escureceu.

Acordou horas depois em um dos quartos do palácio, com o amigo Arthur à cabeceira e aquela linda visão de mulher em pé ao seu lado.

"É incrível", pensou. "É ela. É ela mesmo, sem sombra de dúvida. Mas como pode isso ser possível? A moça em meus sonhos é bastante parecida com ela".

— Está melhor?

— Espero que minha esposa e eu não estejamos parecendo fantasmas, disse Arthur, pois você olhou para nós e desmaiou.

— É apenas um mal-estar passageiro que às vezes me acomete, conseguiu dizer Alexandre muito comovido. Coisas de guerra. A gente nunca sabe quando vai acontecer.

— É isso mesmo, Arthur. São coisas de guerra. Eu sei como é lutar com aqueles muçulmanos filhos do demônio, disse o velho Conde Rodrigo, pai de Arthur. Vamos deixar que descanse, pois teremos tempo de sobra para ouvir as boas histórias que o nosso soldado tem para nos contar.

— É verdade, emendou Arthur. É melhor que descanse um pouco.

— Não é preciso. Já me sinto melhor. Além do que preciso me ausentar agora, pois espero por visitas, amigos de longe que também desejam testemunhar a minha "ressurreição".

De nada adiantaram as rogativas de todos para que ficasse, pois Alexandre queria, precisava, desesperadamente, sair dali. Era vital para manter sua paz interior.

"Aquela mulher. Logo ela. Era tudo o que não precisava me acontecer. Morro por dentro", pensou.

Corria solta a festa ruidosa e alegre no solar.

Havia alguém, contudo, que não mais participaria daquilo tudo.

— Mamãe, viu Ariadne por aí? Ela me disse que ia até o quarto por um instante e desde então não consigo encontrá-la.

— Não vi, respondeu a senhora. A última vez que estive com ela, estava em companhia de Alexandre nos jardins. Talvez ainda esteja lá.

Aos poucos, de pergunta em pergunta, foi-se formando grande interesse pelo paradeiro da jovem senhora.

— Vamos formar grupos e procurá-la pela propriedade, sugeriu um dos presentes. Não pode ter ido muito longe. Tragam os cachorros.

"Tive que fazê-lo, não havia outra solução. Somente assim poderia acalmar meu coração e manter minha sanidade, acalmando também meus perseguidores do outro mundo".

Alexandre delirava em febre em seu refúgio.

"Ela quis reagir, não aceitou ser minha, olhou-me como se eu fosse um mero lacaio qualquer, um animal. Por isso tive de fazê-lo. Agora ela sabe. Ela sabe quem sou. Nunca acharão o seu corpo".

As traumáticas experiências na guerra haviam despertado sua esquizofrenia, cujo segredo tinha mantido durante toda a sua vida. Mas os diversos sofrimentos sofridos acabaram por acordar o monstro dentro de si.

Ao longe, formava-se pouco a pouco grande alarido e Alexandre sabia o porquê.

Agora deviam estar iniciando as buscas pela jovem Condessa.

Formou-se grande algazarra no plano espiritual e caóticas danças de um frenesi satânico, olhares de fogo, risos sarcásticos.

— É nosso, comemorava o que parecia ser o chefe daqueles infelizes. "Logo o pegaremos. Finalmente, a vingança é nossa.

"Meu Deus! Tenho que fugir. Não deixarei que me peguem. Ela é minha, só minha, para sempre".

Alexandre sentiu no rosto um vento gelado como nunca havia experimentado antes.

"Que risos são esses? Será que estou de novo sonhando acordado? Esses malditos ainda me perseguem? Ó, meu Deus! Ariadne, Pedro, ajudem-me!".

Muitos rostos apareciam em todas as direções para onde Alexandre olhava, rostos inchados, olhos vermelhos, muito sangue, o mesmo sorriso de vitória nos lábios, imprecações diversas. Um rosto jovem de mulher com os olhos suplicantes. "É ela". Muito sangue, medo... medo.

Correu e correu muito, e quanto mais corria, parecia que se multiplicavam aqueles que o perseguiam, cães, cada vez maior a algazarra feita pelos perseguidores de ambos os lados, na matéria densa e no plano espiritual.

"Corra!", gritavam. "Pode correr à vontade. Nada poderá salvá-lo de nossas mãos agora".

Aproximavam-se rapidamente os grupos de busca, latidos, muitas vozes, precisava fugir.

— O que disse o diretor do hospital?

— Foi mais uma das crises, respondeu o jovem. Muito mais aguda do que as outras. Um pequeno descuido da vigilância e pronto, lá vai ele.

Ao cair da tarde daquele dia, o avião rolava na pista, turbinas despejando potência na decolagem. Lá fora as luzes passavam cada vez mais rápido.

— Acharam o coitado embaixo de uma árvore. Como deve ter sofrido.

— É intrigante como tudo começou, disse a jovem. Parece até que tinha alguma coisa a ver conosco. Toda vez que a gente vai visitá-lo no hospital acontece uma recaída.

— Meu irmão nunca foi violento ou perturbado. De uns anos para cá é que a doença se manifestou.

Decolou, finalmente.

Na grande metrópole do Rio de Janeiro, o diretor do hospital teria longas e certamente lógicas razões para explicar os fatos ao jovem casal.

A verdade, no entanto, é filha dos tempos.

15
O FANTASMA DO DIA

— Vira à direita lá na frente. Vai, meu, é logo ali.

O carro voava pela 23 de maio, grande artéria de São Paulo.

— Vai. Cuidado. Viu onde é?

— Vi, sim. Está pensando que eu sou cego?

O Tralli era sempre assim, meio turrão, mas dava conta do recado; isto é, quase sempre.

— Não, cara, é que você está indo muito rápido, vai passar reto. Diminua, vai. Olha aí! Passou. E agora? Que saco! Agora vamos ter de pegar a "ferradura" e voltar.

Minha irritação só não era maior do que a minha vontade de pegar o "manga curta". Era nele que estavam depositadas minhas esperanças de desbaratar a quadrilha toda.

— Meu Deus, Tralli! Mas você não estava vendo o cara? Pô, será que eu tenho de fazer tudo sozinho?

O pobre era meio vesgo, mas ainda assim era o melhor motorista de viatura do distrito, o velho "Santa Cecília".

— Lá vem bucha de novo, né? E as vezes que eu tirei o seu da reta não contam nada? E aquela vez que você ficou sozinho com aqueles três, lá na esquina do "Brahma"? Quem é que te deu o penico?

— Puta merda! Você vai me cobrar isso quantas vezes? Tá bom, vá... Vire ali e vê se dá para pegar a Paulista. Agora é na sorte, né? Porra, meu! O Carvalho vai ficar puto. Prometi a ele ter alguma coisa mais para dizer até o final do turno.

Achar o "manga curta" agora, ali, naquela imensidão de ruas e prédios, seria quase impossível. Só por um golpe de sorte daqueles tipo loteria. O negócio, então, era relaxar um pouco e aproveitar a vista.

A verdade é que, a essa altura do campeonato, o nosso informante já deveria ter sumido do mapa. Aliás, meu temor era justamente esse, literalmente falando, porque alguém tinha vazado que o cara estava a fim de colaborar. Aí já viu, né?

— Pô, Lucas, não vai dar para ficar andando à toa por aí. Nessa hora o "manga" já sumiu. Vamos lá no Ponto Chic comer alguma coisa?

Nessa brincadeira, já passava das 19h.

— Onde? Lá no centro? Não, vamos lá no Paraíso.

Ia ser bom mesmo. Precisava pensar um pouco sobre o que dizer para o Carvalho. Além disso, o trânsito de São Paulo não era o melhor lugar do mundo para refletir sobre coisa nenhuma. Era tudo muito rápido, cheio de rotinas não escritas, em que todos pareciam desempenhar algum papel momentâneo no contexto de uma enorme opereta urbana, mais do que isso, urbanóide, com valores todos próprios, os "caminhos das galerias", como dizia um grande amigo meu. Ele costumava dizer que o verdadeiro paulistano não tomava chuva no centro porque conhecia o "caminho das galerias". Era sair de uma e entrar na outra, até chegar perto de uma entrada do metrô, a tábua de salvação, o derradeiro testemunho de que ainda existia alguma coisa organizada naquele mundo de doidos.

A ordem era manter a guarda em tempo integral. Vacilou, "dançou", mixou, vira "presunto", o que tornava todos muito desconfiados e ciosos de seu próprio espaço. O mais engraçado é que fora dali o paulistano normalmente é uma pessoa muito comunicativa, sociável, numa transformação completa de personalidade, tal como em Dr. Jekill e Mr. Hide. Monstro ou médico? Qual dos dois éramos nós naquele momento?

No entanto, com o passar dos dias, tudo, por mais estranho que pareça, acaba sendo incorporado e vira mais uma rotina na vida. Você acaba fazendo as coisas automaticamente, "por gravidade", como dizíamos na universidade.

Através da janela dá para ver os outros "atores" lá fora, correndo e protegendo-se como podem da chuva que começa a cair em grossas gotas. Aqui e ali aparecem alguns guarda-chuvas, a maioria negros como a noite que se inicia. Os rostos e os corpos correndo começam a perder a identidade para mim. Talvez pela força do convívio constante com a multidão, começamos também a pensar como manada. A perda da personalidade e da individualidade vai pouco a pouco, misteriosamente, fazendo sentido, fazendo-nos esquecer de nossas próprias riquezas em detrimento do coletivo.

Quem sabe, essa é a razão por trás da terrível angústia que nos assalta quando nos vemos sozinhos em casa, nós e aquele outro sujeito estranho do lado de lá do espelho. Não dá para mentir ou levá-lo "no bico", contar uma história bonita para ele acreditar e parar de encher o saco. Não dá. E aí, quando acordamos no outro dia, tentamos descontar todas as nossas angústias (na verdade, as "dele") e sentimentos de culpa em relação a nós mesmos, tornando nossa vida cada vez mais sofrida e miserável. De quebra, também comprometemos a vida daqueles que nos cercam, na busca daquela coisa impossível de achar, porque ali ainda estará, como sempre esteve, de novo, a grande massa, o mesmo velho grande teatro, os mesmos atores sem rosto correndo de uma chuva eventual em todas as direções, todos esperando que você continue a cumprir o seu velho papel dentro daquele seu conhecido e surrado ritual.

Isso é que é a merda. O próprio sistema se encarrega de garantir que você não possa mudar, mediante uma série de mecanismos próprios e autoajustáveis, sanções, pressões sociais. Então, para ser o bom, você precisa ser assim ou assado, precisa comer tal produto ou beber tal bebida, precisa vestir essa calça da grife fulano de tal, paletó Giorgio Armani. Sem falar na enorme quantidade de acessórios que também, vez ou outra, entram na balança para rotular quem faz e quem não faz a diferença, quem é e quem não é alguém. O resto faz parte da "patuleia", dos "extras" dessa estranha superprodução.

Em minhas divagações, logo a figura do "manga curta" passa a ficar cada vez mais indistinta. Olha só como atua o mecanismo.

O carro roda pela 13 de maio, no famoso "bixiga", perto da casa onde nasceu meu pai. Às vezes, o Tralli exagera um pouco na velocidade. Acho que é cacoete de motorista policial.

— Aí, Fittipaldi, pega leve. Já está um a zero para os caras e não quero terminar a noite numa oficina.

Deu um muxoxo.

— Parece até que você não me conhece, ô meu. Só faz uns vinte anos que estamos juntos.

— Tudo bem. Mas é que hoje o carro é meu, esqueceu?

Aliviou um pouco o pé, acalmando meu espírito. Para quem vive "no bico do corvo" como nós, qualquer neurazinha já é suficiente para tirar o equilíbrio.

Chegamos no Ponto Chic do Paraíso.

— E agora? Onde é que vamos parar?

— Para em qualquer lugar, ô "mente". Esqueceu que nós somos da polícia? Estamos de serviço, não estamos? Vai, pau na máquina que eu estou com fome. Tudo isso me deixou ansioso.

Procurei uma mesa bem escondida para também esconder minha impaciência comigo mesmo, com o mundo.

Pedi uma cerva para o garçom, seu Atílio, e um "do dia", desde que fosse rápido. Tralli resolveu me acompanhar, não por solidariedade, mas é que tudo era motivo para aquele cara comer.

Mais dois minutos e lá veio o Atílio novamente.

— Seu Lucas, telefone para o senhor. É lá atrás do balcão.

Porra! Até ali o pessoal conseguia me encontrar.

— Alô. Fala que eu te escuto.

— É o Carvalho. Você agora virou bispo evangélico, é?

— Mas como é que você sabia que eu estava aqui?

— Olha meu, até a faxineira sabe que você se esconde aí quando algo dá errado. Estou ligando para dizer que ainda preciso te passar uns dados daquela menina nova, a lourinha, que apanhou do marido. A coisa ficou feia, porque uma outra vítima acabou identificando o sujeito como o cara que matou o filho lá no Jardim Ângela. Isso foi o mês passado, mas todo mundo está achando que foi "queima de arquivo", o que significa dizer que complica tudo.

Algumas noites pareciam mesmo ser mais longas do que as outras.

— Tá bom, Carvalho, mas e o "manga"? Queria dar mais uma procurada, umas andadas por aí, na casa dos pais, para ver se consigo encontrá-lo. A besta não sabe, mas está fugindo das pessoas erradas.

— Esquece o "manga". O caso dele acabou. Acharam o cara há pouco jogado num beco perto da República.

Um silêncio breve, mas sentido.

— Não esquenta, Lucas. Não dava pra fazer nada mesmo. Se não fosse na rua seria na cadeia. Acabe logo aí e venha para cá.

Clique. Desligou.

Assim como os outros, o "manga curta" encaminhava-se para a minha "galeria" dos "sem rosto", das manchas do passado, que significavam alguma coisa, mas que eu já não me lembrava. Quantos tinham tido o mesmo fim. Não dava mais nem para ficar emocionado. Era coisa de programa de auditório, como dizia o Carvalho.

E a lourinha que apanhou do marido? O moleque que levou uma bala como queima de arquivo? Quantos ainda passariam pela minha galeria, sem rosto, sem história, sem significado próprio, sem personalidade, companheiros no teatro da vida?

A perda de identidade me oprime e me deixa infeliz. Difícil pensar em alguém como sendo um número, um item numa grande estatística.

Para não ficar louco a gente faz o que pode, vive o presente, intensamente, como se não houvesse amanhã.

Lá fora continua a corrida, cada um querendo e lutando à sua maneira para ser feliz, fugir da mediocridade sentida e não resolvida, todos querendo se sentir como alguém vivo, mesmo que, para isso, tenha de desempenhar apenas um pequeno papel de figurante.

Está bom, não me venha você com essa história sobre o que seria das grandes produções se não fossem os figurantes. Não funciona mais comigo. Não mais. É uma corrida sem esperanças para a grande maioria, um fato dolorosamente verdadeiro.

— Acabou, meu? Vamos ou não vamos?

Recomeçava a rotina da noite. Uma nova chance, novos dados sobre a mesa, outros atores, mas o mesmo roteiro, repetido cansativamente... Até que a morte nos separe.

16
POR QUE A PRESSA?

Ô meu, tá com pressa? Vai pescar.

Era o que estava escrito no para-choque de um... AUTOMÓVEL!

E eu ali, esperando a "anta" resolver andar, ou sair da frente logo, porque eu já estava atrasado.

Sou professor e, naquele dia, estava atrasado para a aula das 8h. Uma linda manhã de verão, diga-se de passagem, o sol da minha Bauru já prenunciando um dia muito, muito quente. Dizem que em Bauru existe um sol para cada um.

Bom, não é que meus alunos fossem ficar muito chateados com meu atraso (?), mas sabe como é, compromisso é compromisso, né?

E o cara ali parado, placidamente, à minha frente.

— Ô rapaz! Vai ou não vai?

O sujeito abriu a porta e eu pensei comigo: "Xi! Agora é que a coisa vai esquentar".

E o carrão nada de andar.

— Não adianta, pifou. Não sei o que é.

Mas era só o que me faltava. Uma rua de mão dupla e eu estava na mão "errada": aquela que não anda! Ao meu lado os carros pareciam voar, até o sinal ficar vermelho. Daí, ficavam aquelas duas filas paradas, as pessoas com uma cara de manequim de loja, entreolhando-se disfarçadamente. Um misto de receio e curiosidade, talvez com a vontade de "tirar uma" no próximo.

Aí eu desci do carro e fui falar com o sujeito.

— E agora? Você tem que dar um jeito de encostar porque senão ninguém consegue passar.

O cara, sentado calmamente em cima da tampa do porta-malas, nem pestanejou.

— Encostar onde? Não tem lugar, nem entrada de garagem, nada. Acho que o jeito é esperar.

Pombas! Mas aí já é demais. Pelo jeito eu iria mesmo chegar atrasado.

— Então chama o pessoal do seguro. Eles têm reboque para essas situações.

O cara começou a rir.

— Essa é boa! Que pessoal do seguro, meu. Você já viu o quanto essas empresas cobram por um segurozinho de nada? Ainda mais pela "furreca" aí, com mais de vinte anos?

— E o que é que tem?

— Por mim não tem nada, mas o pessoal lá fala que os malandros preferem carro velho. Acho que para vender peça. Aí vem aquele papo de "sabe como é, carro fora de linha é fogo".

Então eu estava condenado.

— Então chama o guincho, a polícia, sei lá.

O cara riu mais ainda.

— Pô, meu, em que planeta você vive? Sabe quanto é que custa um guincho?

Eu não sabia, lógico, porque eu sou um daqueles "especimens" que segue as regras e, portanto, tinha seguro, fazia manutenção periódica, calibrava pneus, pagava impostos e mais uma lista de coisas que me inseria na seleta faixa dos "homens de bem".

— Custa no mínimo cinquentão. Onde você acha que eu vou buscar essa grana? No céu?

Aí, meu Jesus! Minha aula já estava lá pelos quinze minutos e eu ali, escutando o depoimento do improviso em pessoa.

— Então você não vai tirar o carro daí? E como é que eu vou conseguir sair daqui?

O que mais me irritava no sujeito era a absoluta tranquilidade que emanava, cenho limpinho e sem rugas, aquele sorriso detestável de gordinho satisfeito.

— Bom, acho que o negócio é esperar os "homi" vir aí, que eles chamam o guincho para mim. Aí não cobram nada, sabe. Um cunhado meu é da PM do trânsito.

Meu São Benedito ficava cada vez mais branco.

Então aquele era mais um capítulo do Brasil que funcionava tal como ele é, não como a gente pensa que é.

Lembrei de um conhecido lá de São Paulo, homem simples, cujo filho estuda em uma das universidades onde leciono. Cearense, de boa índole, depois de mais de trinta anos na capital, já era "empresário". Na verdade, tinha uma frota de umas 50 peruas (as famosas "vans") circulando para tudo que é lado. Evidentemente, sem pagar nenhum imposto para o governo, seja municipal, estadual ou federal.

Na época em que conheci o Luís (nome fictício, é claro, que eu não sou tatu), cearense, pensei comigo: "Por que o moleque ainda queria estudar?".

Aí o Luís me disse: "É para tomar conta disso tudo aqui, doutor, senão os outros acabam com a gente".

Até pensei em dizer o quanto ele estava equivocado. O menino iria se formar (ainda mais em Engenharia, veja só), depois ia querer estruturar a empresa, contabilidade, RH, marketing. Bom, resolvi deixar para outra ocasião. Voltei ao meu "real ululante".

— E aí? Vai fazer o quê?

O cara pareceu entrar numa espécie de transe. Meu Deus, parecia estar... PENSANDO!

Após um minuto de meditação, fez uma "cara de conteúdo" e me deu a "solução".

— Nesse caso, só se o senhor me ajudar a empurrar a máquina até aquele posto ali.

Acho que não fiquei mais nervoso do que já estava por absoluta falta de estoque.

Então, além de ser uma vítima da imprevidência dos outros, ainda teria que ajudar o dito cujo, utilizando minhas pobres (e agora mais magras) forcinhas físicas para desempenhar a saudável e louvável atividade de AJUDAR? E os carros passando na outra pista a toda.

O sujeito com o carro atrás do meu estava... DORMINDO. Dei umas três voltas ao redor de uma árvore na calçada em frente a um famoso banco para ver se acalmava de vez.

— Então está certo. Vou te ajudar. Mas é só AJUDAR, viu? Quem vai fazer força é você. O carro é seu.

O homem não pareceu muito animado com a minha concordância. Acho que ele tinha "jogado verde" para eu dizer não, o que nos deixaria ali à espera do valente cunhado e seu reboque encantado.

— É, mas o posto é longe, hein? Depois não vai reclamar.

O posto ficava a uns 30 metros, só que do outro lado de uma avenida mais movimentada ainda.

Já estava imaginando os votos de carinho que minha mãe e eu receberíamos. E olha que, lembrei agora, estávamos em pleno DIA DO PROFESSOR.

Se fosse uma coisa séria mesmo, eu poderia (já que era o MEU DIA), invocar a minha condição de poder supremo e mandar pulverizar o miserável e sua lacraia ambulante.

— Que longe o quê, ô rapaz. Ou vai ou não vai. Dá um jeito aí que foi você quem inventou essa história de empurrar, de não ter seguro, de cunhado.

— Tá bom, tá bom... Não precisa ficar zangado. Vamos lá.

O sujeito, então, posicionou-se ao lado da porta do motorista, com a mãozinha calidamente na direção do veículo, olhando para este "homem de bem" aqui com expressão de comando.

— É, doutor, eu tenho que ficar aqui para dar a direção correta, né?

Miserável! Deixou justamente a parte de trás do carro para eu empurrar. E a rua era meio subida.

A força vinha, mas o carro não andava. Ia para frente e para trás, balançava e balançava, até que se mexeu um pouco. Andou um pouquinho, e o cara lá na frente fazendo gestos aos outros motoristas, com uma expressão pungente no olhar. Acho que ele deveria ter seguido a carreira de ator porque até eu fiquei comovido.

Nesse momento aconteceu uma coisa que eu nunca mais vou esquecer. Eu olhava para o meu lado esquerdo, preocupado com o fluxo de veículos, e quando virei o rosto, percebi que do meu lado direito tinha um outro sujeito empurrando. Era o motorista do carro atrás do meu, o dorminhoco.

— E aí, meu? Precisando de uma forcinha?

Comecei a achar que nem tudo estava perdido. Era o que Nelson Rodrigues chamava de "piedade de meio-fio".

Olhei para o fluxo de veículos novamente e percebi que o trânsito estava parado.

Mais à frente, outros dois jovens musculosos (esses de academia) também ajudaram a empurrar a "máquina". Logo mais um, mais outro, tornando a tarefa mais fácil e rápida.

Avenida em frente, mais um samaritano bondoso saiu "do nada" e parou o trânsito para a entrada triunfante do nosso "carro alegórico" em direção ao posto.

Fiquei embasbacado, não com o Brasil que funcionava, nem com o oficial, onde pensava viver, mas naquele outro real, que funcionava de verdade.

— Ô xará, obrigado, hein! Valeu, meu irmão.

Bem, meu irmão daqui, meu irmão dali, entre acenos, sorrisos e apertos de mão, cada um foi para o seu lado e eu fiquei ali, parado, tentando digerir aquilo tudo.

"Está com pressa? Vai pescar".

Merece um pouco de reflexão, não acha?

A primeira que me veio é o poder da vontade e da energia empreendedora. Se você mesmo não estiver disposto a investir energia naquilo que deseja, a solução não vai aparecer de repente nem "cair do céu". No entanto, se a sua vontade for traduzida em ação, a probabilidade de alguma coisa positiva acontecer aumenta significativamente.

Lembrei-me do comentário de um velho amigo, a me dizer que "o universo conspira a nosso favor, é só achar a onda certa" (como no surf).

Bom, meu caro, a essa altura do campeonato até pensei em ir pescar, seguindo o conselho do Arnaldo (nome fictício do sujeito). A aula já tinha ido para o espaço mesmo. Imaginei meus pobres alunos, tristes pela minha falta (será?), mas prometi fazer tudo ao meu alcance para compensá-los pelo "prejuízo".

Aí, voltei para buscar o meu carrinho lá, parado na subida da outra rua, e vi o guincho, pronto já para o reboque. Adivinha quem era o PM de trânsito que tinha, zelosamente, chamado o reboque? O cunhado do Arnaldo.

E adivinha quem me salvou de levar uma multa e ter o carro apreendido? O Arnaldo.

Era muita emoção para um dia só, que estava apenas começando.

17
CARTAS AO VILELA 3

São Paulo, 20 de junho de 2006.

Prezado Vi,

você vê que a intimidade entre as pessoas, de modo geral, vai aumentando, né?

Mas a Rosinha continua na mesma. Joga a isca, mas não deixa o peixe pegar. Na "hora agá" ela puxa e o coitado de mim fica lá, com "cara de tacho" (termo antigo, porém enfático, e, portanto, válido).

Caso sério, será que ela agora é lésbica e eu não sei?

Aí eu fico pensando em como evoluíram essas coisas. Na era da chamada globalização e da internet não deu outra.

Lembro-me de uma conversa com um velho amigo, em que conjecturávamos sobre a crescente diversidade dos sexos no mundo. Começava ele com os dois "tradicionais", ou seja, homem e mulher, seguindo com os gays, lésbicas, "gay que também gosta de mulher", "lésbica que também gosta de homem", "drag queen" que gosta de homem e por aí afora, inclusive o tipo que não gosta de NADA. Bom, só nesse pequeno ensaio foram oito (OITOOO) variedades.

Aí, se a Rosinha pular para algum outro lugar vai ser o nosso capítulo final.

Aqui em Sampa ninguém se toca com isso (com nada), cada um no seu quadrado. A vida passa e eu acho graça, pelo menos nas cercanias da Paulista, mas que as coisas estão acontecendo, lá isso é verdade.

Um grito geral de indignação levanta-se, pelo povo e em defesa do próprio povo (no qual ninguém se salva), contra o tsunami de propinas surfado alegremente pelos nossos representantes. Aliás, ondas enormes a nos varrer as consciências com as águas sujas do "propinoduto", rompido em suas bases morais e correndo agora a céu aberto. Todos reclamam e amaldiçoam os propinantes, mas percebo que, verdade verdadeira, se os que criticam tivessem uma oportunidade de também participar da farra, não ficaria ninguém de fora. O barco da moral está com um enorme buraco no meio do casco e ninguém se dispõe a consertá-lo, escondendo-se atrás de uma verdadeira "parede de escudos" que chamam de ideologia. Uns assaltam hoje, outros amanhã, e fica tudo bem, a "paz" está mantida.

A viadagem (desculpa, o termo socialmente correto é gay) campeia, livre, leve e solta, pelos pastos verdejantes e nutritivos do país. Do mesmo modo, aumenta mais e mais o número de outros sexos (que os idiotas de plantão definem como sendo gêneros) e aí, companheiro, haja pasto para alimentar todo mundo. Será que adianta ficar preocupado, pensando em soluções para esse nosso mundo "véio"?

Pois é, Vi... Como dizia aquele nosso amigo taxista, cada corrida uma mordida.

Aguardo a resposta do amigo.

Um abraço afetuoso (ainda respeitoso),

JB

18
DELÍRIOS DE LIBERDADE

O começo do fim ou o fim do começo?

O capitão, sem forças, amparado por mãos rudes e agressivas, era arrastado no meio da noite da metrópole paulista para dentro de um camburão, jogado como um saco de batatas.

Caiu desfalecido e acordou sobressaltado, novamente arrancado por aquelas mãos horrendas, agora suspenso no ar, carregado porque não conseguia andar. Estava sem forças, resultado das contínuas sessões de espancamento dos interrogatórios sem fim, dos choques, dos afogamentos, da inanição forçada. Tudo culminando numa febre contínua, que não passava já há muito tempo. O curioso era saber-se tratado por um médico apenas o suficiente para não morrer. Quando tudo parecia estar acabando, saíam todos correndo e lá vinha o doutor para "tratar o paciente".

Passou por uma espécie de catraca, uma portaria, parecida com a de um clube. Sabia onde estava. Já tinha ido ali algumas vezes. Era onde executavam os chamados "terroristas". Tinha acompanhado o general, seu comandante, testemunhado muitas de suas façanhas.

Só que, agora, o "trabalho a fazer" era com ele mesmo. No fundo sabia que isso aconteceria algum dia. Do meio de sua precária situação, Eduardo conseguia algum restinho de raciocínio para tentar entender o enredo do que estava a acontecer-lhe. Então tudo iria terminar ali? Esperava, queria, implorava para que acabasse logo todo aquele infortúnio de dores horríveis e incontáveis lágrimas.

"Ai meu Deus, eu quero virar uma borboleta solta no campo. Eu peço, eu suplico. Quero encontrar minha companheira de jardim, porque aqui não há mais nada a fazer".

Conseguira, enfim, pedir o sonho de volta. Ou seria sair do sonho e voltar à realidade?

Nesse momento, no meio da multidão inicia-se um murmúrio, que se torna mais e mais forte, num crescendo. No rosto do oficial condenado o desalento, pouco a pouco, começa a diminuir.

Começa a desanuviar o semblante, que vai se tornando limpo, os olhos brilham de novo.

O executor prepara-se para o ato final.

De repente, surge um equilibrista em um monociclo, abrindo caminho entre a multidão.

— Abram alas! Abram para o circo passar! Muitas novidades, palhaços, trapezistas, domadores, mulheres bonitas e homens fortes, animais amestrados e… o mais importante, eu, o famoso equilibrista!

O equilibrista evoluía leve e solto em seu monociclo no meio da multidão entristecida, que começava a ficar intrigada, mas… feliz.

O bizarro da cena não passou desapercebido ao executor.

Dizem que, na Antiguidade, antes de executar suas vítimas, alguns verdugos chegavam a ver, e até a conversar, com os amigos do moribundo, que vinham do outro plano ajudar na difícil travessia.

"Mas que brincadeira é essa?".

Subitamente, seguindo o mesmo caminho de entrada do sorridente equilibrista, surgiram os palhaços trigêmeos andando em fila indiana e fazendo suas maluquices. Seus trajes em tons amarelos e vermelhos, as calças desmesuradamente grandes, seguras por suspensórios, seus enormes sapatos batendo no chão no mesmo compasso, como numa marcha militar. Enormes colarinhos que subiam e desciam, escondendo e revelando alternadamente rostos, ora sorridentes, ora chorosos, narizes de bola vermelhos, rostos e bocas pintados de forma característica, carecas brancas e cabelos vermelhos de algodão, tudo temperado com enormes gravatas de um verde berrante e minúsculos guarda-chuvas.

— E aí, pessoal?! Hoje tem espetáculo e a principal atração acaba de chegar! E somos nós, os porquinhos palhaços trigêmeos! Para alegrar a sua festa e preceder o que vem por aí!

As pessoas entreolhavam-se, inquietas e em silêncio.

— E aí, general? O senhor não vai dar a ordem de tiro? O pelotão está assustado. É capaz de errar o pobre capitão e daí a coisa vai piorar mais ainda.

O ajudante de ordens não ajudava em nada o executor a recobrar sua frágil normalidade.

— Sargento, tire esses sujeitos daqui. Os palhaços, o equilibrista, todos.

— Mas do que está falando, senhor? Eu não vejo nada. Só nós e o pobre capitão ali.

No entanto, em sua solidão de moribundo frente ao inevitável, Eduardo também via tudo e olhava fascinado os seus amigos de infância que reapareciam, trazendo de volta o seu circo imaginário, agora tão real e tão perto das mãos.

Então, no meio da multidão apareceu um par de cavalos brancos árabes lindos, com seus enfeites de pluma encimando as crinas, arreios de prata, trotando em círculo, conduzidos por duas lindas domadoras.

— Somos as aves domadoras. Vejam o que fazemos com estes animais. Somos a principal atração do circo.

E saltavam e subiam, davam piruetas e cambalhotas em cima dos animais, que circulavam uma área onde, no meio, encontravam-se os palhaços fazendo graça e o equilibrista executando sua função ao monociclo.

Após um tempo surgem dois personagens estranhos, o homem forte, carregando uma enorme caixa, seus músculos perfeitos brilhando à luz dos refletores. Seu semblante era tranquilo, não denotava o mínimo esforço, sorrindo para a multidão.

— Deem espaço para o homem forte, pessoal, que traz uma surpresa para vocês! Quando voltarem às suas casas hão de jurar nunca ter visto nada parecido ao que trago nesta caixa!

Ele coloca a caixa no meio do círculo e cruza os braços, como se aguardasse alguma coisa. De repente, a caixa abre e surge uma linda figura de mulher engolindo espadas de fogo, uma após a outra.

— Eu não disse? O touro forte e a avestruz são as melhores atrações do circo. E vem mais por aí!

A música, mais audível, era mesmo de circo, alegre como deveria ser uma música de circo. O capitão, já bastante descontraído, aproveitava o espetáculo, agora com os olhos da criança que sempre estiveram guardados na alma. O terror e a incerteza desapareciam pouco a pouco, dando lugar a uma calma alegria e paz.

No meio de tudo surge um sujeito vestido com um smoking preto, impecável, usando uma cartola e uma espetacular capa preta com forro vermelho. Sua fisionomia era mais séria, acentuada por um fino bigodinho à Clark Gable, olhos firmes e brilhantes.

— Respeitável público, boa noite! Venho lhes apresentar um número que é magnífico sucesso. Eu, o coelho mágico, vou lhes mostrar algo que nunca viram. Por isso sou a melhor atração do circo.

Dizendo isso, tirou a cartola e, em meio a uma tênue fumaça surgida do nada, retirou dali uma dezena de pombas brancas, que saíram voando alegremente, rodeando a multidão e perdendo-se pouco a pouco no infinito.

Passado o momento de êxtase na contemplação do voo alegre das pombinhas, lentamente o capitão percebe um crescer da música em sua direção. Abria caminho para adentrar o círculo uma banda de música completa: bumbo, caixa de guerra, surdo, prato, cornetas, trompetes, trombones e uma tuba imponente.

— General, o que é? Parece que o senhor está vendo assombração. Dê logo a ordem".

O general, suando frio, também ouvia e via tudo aquilo.

— Mas o que está acontecendo aqui, afinal? Será que não posso confiar em ninguém? De onde saiu isso tudo? Será que vocês também estão com esses miseráveis? Mancomunaram-se, sargento?

O homem babava pelos cantos da boca, rosto lívido, olhos esbugalhados de espanto e indignação.

— Do que fala, senhor? Ali só tem o capitão esperando e nós aqui. Dê logo a ordem.

A música para de súbito. Fica no ar apenas uma flauta a tocar o tango de Ravel. De início docemente, mas num crescente olímpico, marcial, energético, contaminando a todos, da plateia e do circo. Parecia querer anunciar alguém ou alguma coisa, a atração principal, a verdadeira.

"Ah! Deve ser a minha trapezista, minha alma gêmea, a borboleta do jardim, rainha das coreografias. A mais linda do universo que, talvez, tenha vindo me buscar ou me contar algum segredo de Deus".

Surge, então, uma linda mulher, vestida em um maiô branco brilhante, ornado de pedrinhas cintilantes, como orvalho da noite, lindos cabelos pretos escorridos e compridos, caindo pelas costas nuas. Pernas esculturais à mostra, a musa caminhava lentamente, sorrindo, em direção ao capitão, olhos negros cintilantes, rosto alvo e sorriso se abrindo nos lábios. Pelas costas surgiram, por encanto, duas lindas asas brancas, abertas em leque.

"Minha borboleta! Você existe, afinal?".

Os ferimentos do capitão não doíam mais. Desapareceram, como por magia. Suas roupas rasgadas e sujas de um sangue pisado e viscoso viraram um elegante terno branco, imaculado. O sorriso voltou ao capitão, a alegria estava de volta.

"Vim buscar você, Eduardo. Há muito tempo espero por isso. Pedi ajuda a Jesus e ele me concedeu você, finalmente, depois de tudo o que vivemos. Acho que chegou a nossa vez".

O pelotão formado não entendia nada da hesitação do cruel comandante, sempre rápido nesses casos, que parecia olhar o infinito, como se alienado.

— Mas isso deve ser algum truque. Será que o miserável sem vergonha, comunistazinho safado, acha que pode escapar assim tão fácil? Fogo!

Eduardo nada mais ouvia do plano material. Sua existência já acontecia em outra dimensão.

"Vem, Eduardo. Peça para mim. Dê-me sua mão".

Era o início de um sonho? Ou o término de um sonho e o início da realidade?

"Leva-me, amor, de volta ao nosso jardim".

Muitos juraram ter visto apenas um corpo no chão, caído, nu, desamparado, sozinho, em uma poça de sangue. Outros, entretanto, maravilhados, afirmam terem visto sair pela portaria do prédio duas lindas borboletas brancas, voando juntas em graciosa coreografia. Tinham saído e tomado o rumo do Parque Trianon. Os que viram esse milagre também ouviram a música, que vinha de fonte ignorada, audível, suave, porém forte.

"Só loucos não quiseram pedir,
Só loucos não quiseram ouvir,
Não quiseram ver o sol do amanhã,
Caminhar em plena luz do existir".

19
VIDAS ENTRELAÇADAS

Chovia bastante naquela noite. Os céus choravam abundantemente por sobre a terra e os seus filhos, espalhando vida nova sobre os campos cultivados e molhando a consciência dos errantes. Era um desses dias nos quais se celebra uma festa religiosa qualquer. Festa do quê? Não me lembro.

Caminhava trôpego e meio hesitante o viajante anônimo, arrastando atrás de si pesadas lembranças, emoções e sacrifícios. Quantas vezes havia passado por essa rua? Talvez nenhuma, mas se lembrava de muitas. As vezes sem conta em que se postara no limiar da vida sem poder entrar, pois não tinha *pedigree*.

Em resumo, tudo era tão igual. Através das janelas passavam e espalhavam-se raios de alegria e satisfação, vindos dos rostos risonhos dentro do solar.

Caminhavam no escuro do céu as granadas, deixando atrás de si, por breve tempo, o seu rastro luminoso, indo explodir por trás das linhas, semeando mais morte e destruição no solo castigado da pátria invadida, vilipendiada em sua honra por interesses patrióticos, porém em sua maioria de duvidosas explicações.

Reinava total confusão nas trincheiras e, não raro, um recruta mais novo saía a correr desesperadamente, sabe Deus para onde, levando consigo o imenso grito de protesto pela violência que lhe assaltava o peito. E era no peito que o grito acabava, sufocado pela derradeira lágrima vertida já de lugar incerto, onde nada mais nesta terra dolorida tem sentido. No entanto, apesar das inúmeras histórias que se encerravam ali, a batalha continuava a correr solta na terra encharcada pelo dilúvio do céu.

"Preciso percorrer as fileiras e injetar ânimo nesses homens, senão estamos perdidos. Quantos inúteis", pensou o general. "Deixam-se matar como cordeiros indo para o sacrifício. Isso tem que acabar. Vão aprender por bem ou por mal".

"Que sorte! Um casebre abandonado. Era tudo o que eu precisava neste mundo, um lugar para ficar". Não tinha teto, mas, ficando junto à parede, já dava para se proteger, pelo menos daquela chuva maldita.

A festa estava no auge. Espoucavam nos céus os fogos de artifício, comemorando sei lá o que. Ligeiro tremor a percorrer-lhe o corpo, ou o que dele restava após tantas páginas viradas.

Medo do quê? Não soube explicar, mas é o que estava sentindo, um pavor de tudo. Um receio vindo das profundezas de não sei onde. O jeito era ficar, secar e depois partir, como sempre. Para onde? Não importava mais. Para lá...

Então desabou junto à parede – corpo, alma, tudo junto no interior do improvisado refúgio.

A noite estava clara pelos fogos lançados do solar. Volta e meia passavam os automóveis velozmente, a conduzir, freneticamente, os gozos e as alegrias, para lá e para cá.

Luzes. Luzes ofuscavam a visão do garoto, procurando através do dilúvio.

A batalha não cessava. Como podem exigir que uma criança mate alguém? A infância não deixa. Por que ficam felizes com a morte? A infância não entende.

Felicidade é ter uma boa bola de couro para chutar, é o beijo na mamãe logo pela manhã. Felicidade é o chinelo certeiro de papai quando de alguma traquinagem. Felicidade é o sorriso fugidio da menina linda da casa ao lado, tão perto e ao mesmo tempo tão distante. Felicidade é aquilo que se nota quando os olhos de papai e mamãe se cruzam tarde da noite, no aconchego do sofá. Felicidade é olhar para o lado e ver uma colher de remédio avançando em direção à boca, trazida por mãos carinhosas e olhares preocupados.

No entanto procuram-no no negrume da noite, deram-lhe uma farda.

"Quem se atreve? Não quero, minha infância não quer".

Um disparo quebra o silêncio. Só um.

— General, era apenas um menino.

— Não adianta falar com esse tipo de gente. Covardia não ganha guerras. Preciso de mais soldados de verdade.

Um sorriso de criança a se despedir, deixando um encanto perfumado naquele chão encharcado de violência.

Um cochilo e um despertar sobressaltado.

"Incrível, mas por que um homem a cavalo? De novo o mesmo sonho. Um cavalo a levar-me por um campo molhado, juncado de rostos, muitos gritos, cenas terríveis, explosões... Ah! É isso... São os foguetes".

Muito frio, muita água por todos os lados. Saudades não se sabe de que ou de quem. Parece que tudo aconteceu ontem, mas não consegue lembrar-se direito, ultrapassar a barreira cinzenta que entorpece os seus pensamentos.

"Gostaria de ajudar essa gente a ser feliz".

Nem a fome que sentia tinha mais importância, nem a água que descia.

De repente, tudo acaba, acabou-se o general.

Afastou-se lentamente o menino, levado por mãos amigas, perdendo-se pouco a pouco na grossa chuva noturna.

No céu, um general virou menino.

No chão, um corpo apenas, nada mais.

20
VOVÔ COMETA

Esta me foi contada por minha mãe, que me disse ter sido contada pelo seu avô Chico Maurício, como tendo se passado com o avô dele, o coronel João Chrisóstomo Ferreira Alves, nos áureos tempos das grandes fazendas de café em minas Gerais.

Como a memória do ser humano costuma falhar, a história original foi sendo corroída pelos cupins do tempo, deixando lacunas que eu mesmo me encarreguei de completar (à minha maneira, lógico). Para fazer isso, utilizei de um artifício muito comumente adotado por diversos escritores, que é apresentar a narrativa na 1ª pessoa do singular. Assim, passo a narrar como se fosse eu mesmo o personagem central.

A rotina da grande Fazenda do Sossego arrastava-se tropegamente no calor modorrento de mais um dia do mês de dezembro. Estávamos em meados do século XIX e, para nós meninos, pouco havia para se fazer ao longo do dia. Como tinha escola na fazenda, frequentávamos as aulas de Dona Mariquinhas, começando logo no mais cedo da manhã e terminando lá pela hora do almoço. Depois, na parte da tarde, ficávamos fazendo as tarefas, o que durava umas boas duas horas, após o que passávamos o resto da tarde e parte da noite correndo para lá e para cá, brincando do jeito que dava. Devido ao vai e vem dos empregados em suas tarefas, fazíamos o possível para não contrariar o truculento Ozires, gerente geral da sede da fazenda.

Minha mãe, Maria Anacleta Junqueira de Faria, era filha de nobres portugueses, muito nova, embora não a caçula. Como de praxe naqueles tempos, casou-se muito cedo com meu pai, Francisco Eduardo Ferreira Alves, gerando 11 filhos, dos quais eu era o quinto na sequência.

Então, não contando o feroz Ozires e, muito mais do que ele, meu pai, pouca coisa havia a nos meter medo em nossa faina diária de moleques.

A rotina de tranquilidade em que vivíamos só se modificava quando recebíamos a visita de vovô João Chrisóstomo, cuja figura sempre vestida de preto em seu cavalo baio, um andaluz muito forte e alto chamado Sultão, inspirava-nos verdadeiro pavor. Encarar o vovô era como encarar nossos maiores e mais secretos temores de frente. Ninguém tinha coragem, nem mesmo meu pai ou o Ozires.

Chegava sempre devagar, cavalo a trotar de modo solene, cenho franzido, expressão carregada qual fosse o portador de todas as preocupações do mundo. Capa preta como a noite jogada nas costas, descia majestosamente do animal e, sem nada falar nem olhar para ninguém, entrava rapidamente em nossa casa. O coronel não dizia nada porque não precisava. Todos os empregados da fazenda já sabiam, tinham decorado por prudência, tudo o que meu avô gostaria que fosse feito.

Houve um dia especial em que vovô João chegou mais devagar do que de costume. Estava meio pálido, com visível dificuldade para descer do animal, aceitando muito a contragosto o auxílio de Ozires. Subiu vagarosamente os degraus da casa da sede e entrou, dando uma última olhada para trás, como para certificar-se de que não havia feito papel de frouxo, como dizia.

— Tarde, Dona Anacleta. Como vai vosmecê? E a honrada figura de seu marido, meu filho?

— Tarde, Seo Coronel, Estamos todos bem. Francisco não tarda a chegar.

Caminhou a passos meio incertos em direção à sua poltrona preferida.

— Pois, então, a senhora me permita esperar enquanto me dá o prazer de uma xícara de seu café.

— À vontade, senhor meu sogro.

— Sabe, Anacleta, andei pensando no Chiquinho, meu neto.

— O que o menino fez dessa vez? Arranco o couro do moleque que ele nunca mais vai sair do trilho.

— Não, Anacleta, Chiquinho não fez nada. É só que eu pouco tenho convivido com meus netos, mesmo com meus filhos, e andei pensando.

Deu uma longa baforada em seu cachimbo antes de prosseguir.

— O tempo passa. Vou lhe segredar uma coisa.

A entonação cansada na voz, inédita até então, deixou Anacleta de sobreaviso.

— Estou começando a me sentir velho. Olho para trás e vejo que fiz muitas coisas, mas careço de amizades sinceras, mormente em minha própria família, em que quase todos me consideram como um ser distante e que impõe medo ao invés de respeito. Assim, pensei em tentar mudar isso de alguma forma, começando com meus netos, quem sabe com Chiquinho, que já está a completar 8 anos e logo vai se afastar de nós para estudar na cidade.

— E o senhor meu sogro está pensando em alguma coisa especial? Uma viagem talvez?

— Não, nada complicado, porque o conhecimento interior de alguém raramente demanda coisas complicadas, mas aproveitar as oportunidades de conversar e trocar ideias. Gostaria de deixar algumas de minhas ideias para Chiquinho.

Não sei por que eu era o neto preferido do meu avô. Talvez pelo fato de meus irmãos terem preferido o trabalho ao estudo (vovô queria um doutor na família) e minhas irmãs, algumas delas casadas, não chegarem ao seu coração como ele queria.

— Minha nora, então mande chamar o Chiquinho.

Quando Ozires chamou-me pelo nome eu tremi nas pernas. Ser convocado para falar com vovô João era prenúncio de tempestade, todos diziam.

Ozires pegou-me pelo braço e pude perceber um leve esgar de satisfação em seus lábios quando falou:

— É, moleque… Agora vai receber o que merece.

Entrei na sala já me sentindo um condenado, mas qual não foi a minha surpresa ao perceber vovô João... sorrindo.

— Venha cá, menino. Venha dar um abraço aqui, no seu avô, que muito lhe preza.

Fiquei mudo, estático. Minha mãe fazia sinais com os olhos e mãos, querendo dizer: "Vai logo. O que está esperando?".

Aproximei-me pouco a pouco e ganhei um abraço, o mais afetuoso de que tenho lembrança.

— Abraço de homem, rapaz! Então vosmecê não sabe que quando dois amigos se encontram é com um abraço apertado e um aperto de mão que se saúdam?

— Está bem, vovô. Se o senhor, quer dizer, vosmecê, o diz, é porque é assim.

E eu me lembro bem daquele homem naquela noite, abraçando-me e tentando me passar em poucos minutos de conversa o grande amor, embora rude, que ele nutria por todos nós. Talvez pressentindo a aproximação de mais uma das muitas curvas de sua história, queria aproveitar de maneira infinita os poucos momentos restantes.

— Então, minha nora, resolvi pernoitar por aqui hoje e aproveitar um pouco mais da gentil acolhida de vosmecê, além de poder ter uma prosa mais longa com o meu neto.

Enquanto mamãe ia preparar os detalhes junto às empregadas da casa, ficamos lá, como nunca antes, conversando sobre a vida. E pela primeira vez tive a exata perspectiva do que acontece quando uma alma forte, mas humilde, decidida e corajosa, põe-se a perseguir um objetivo. A rudeza do amor de meu avô por mim comoveu-me profundamente. Pensei comigo que, se houvesse algum modelo representativo do que eu gostaria de ser na vida, esse seria o vovô João.

Conversamos muito, meu pai chegou com Ozires e mais outros. Conversamos mais e mais e depois não me lembro de nada, a não ser ter caído no sono no colo de minha mãe e acordar no meio da noite, escutando vozes vindas do andar de baixo. Vozes preocupadas, entonação denotando certa urgência, vovô João, papai, Ozires e vários empregados alternando-se na discussão.

— Lá se foi mais uma vaca, Seo Francisco. Do jeito que a pobre ficou deve ter sido bicho grande.

— Alguém atirou nele?

— Nem deu tempo. Ozires viu e pode dizer para vosmecê.

— Só vi um vulto enorme. Atirei, mas acho que não peguei nada.

— Então temos que montar uma paquera e esperar.

No dia seguinte fiquei sabendo da perda de uma das melhores vacas do plantel de papai. Ele estava muito contrariado e nunca teria deixado isso passar em brancas nuvens.

O dia todo passou montando a paquera do bicho naquela noite. Vovô João estava excitado para participar de mais aquela e não via a hora de montar e sair com a tropa. No entanto, sentindo-se cansado, foi convencido por papai a aguardar na sede o chamado quando tudo já estivesse terminado.

— O senhor, meu pai, pode ficar esperando em casa, porque assim que tudo acabar mando um aviso a vosmecê.

E assim foi. Papai levou o baio de vovô como montaria e seguiu com a peonada para a mata onde havia acontecido o primeiro ataque. Ficamos todos sem conseguir pregar os olhos, aguardando notícias sobre a empreitada.

Vovô cochilava em sua cadeira quando entrou papai porta adentro, suando por todos os poros.

— Vim pegar mais cartuchos. Deve ser uma das grandes e deve estar ferida, porque acho que acertei a bicha no último tiro.

Mamãe acordou subitamente e procurou acalmar um pouco os ânimos, sem conseguir, porque um segundo depois a sala de casa estava novamente repleta de homens, todos falando ao mesmo tempo.

— Senhor meu marido, deixe que a natureza termine seu trabalho. Se ela está ferida, logo estará morta e vosmecê poderá ir buscar lá o seu troféu.

De cenho franzido, papai olhou significativamente para mamãe e dirigiu-se ao vovô.

— Coronel, devo pedir desculpas a vosmecê porque dessa vez a vítima foi o baio.

Vovô pôs-se em pé num segundo.

— O baio? Sultão?

— É, coronel, deixamos os cavalos amarrados e ela deve ter nos percebido. Contornou o grupo e atacou os coitados. Pude ver que ela está ferida. Pingos de sangue marcam a trilha e agora será fácil encontrar a bicha.

Vovô estava possesso e não conseguia falar.

— O coronel meu pai pode esperar que vou trazer o couro dela para enfeitar a sua sala.

Vovô ouviu, abaixou a cabeça e subiu para o seu quarto. Isso tudo eu ouvia de dentro de meu quarto, debaixo dos lençóis da minha cama.

Do mesmo modo, enquanto o pessoal prosseguia na discussão lá embaixo, eu percebia ruídos de alguém descendo as escadas laterais da minha casa, montando num cavalo e afastando-se a toda velocidade. Abri as janelas e foi a última visão que tive do meu avô, Coronel João Chrisóstomo Ferreira Alves. Sumia o seu vulto conhecido, capa preta ao vento e figura recortada contra a lua cheia, deixando atrás de si uma coluna de fina poeira até sumir pela curva da estrada que saía da fazenda.

Quando todos deram pela falta de vovô já era tarde. Ouvimos um tiro forte, depois mais outro, e outro, diminuindo cada vez mais de intensidade até desaparecer por completo.

Nunca mais vimos meu avô nem achamos a provável onça que teria atacado os animais.

Em meu imaginário, prefiro pensar que vovô João, ao ser confrontado pela morte, optou por persegui-la ao invés de esperar seu ataque final. Numa atitude de coragem e fortaleza de espírito, cavalgou e perseguiu até hoje a famosa onça pelos céus, aumentando cada vez mais sua velocidade à medida que chegou mais perto de atingi-la, formando com seus tiros e seu cavalgar mais um cometa a caminhar pelo céu.

Bem, isso foi o que minha mãe me contou e, como dizem as pessoas do campo na minha terra, "periga de ser verdade".

21
ESCONDE-ESCONDE

Outro dia li uma mensagem muito interessante e linda num livro da Lya Luft, que de tão linda só pode ter saído de uma alma peregrina e iluminada. A mensagem versava sobre a reflexão, cuja prática reveste-se de grande poder terapêutico, no sentido de dizer melhor os acontecimentos do mundo atual em nosso universo interior.

É diferente do que alguns chamam de meditação, que pressupõe um mergulho no vazio, no "nada", de modo a configurar uma situação em que as ideias e as vibrações típicas de cada um possam "se acomodar", eliminando algumas arestas e preenchendo vazios.

Bom, para mim as duas práticas são boas, mas me atraiu um pensamento da autora referente à reflexão. Ela mencionou algo como uma brincadeira de esconde-esconde da alma com ela mesma, olhando e se escondendo muitas vezes, descobrindo um pouco de cada vez e assimilando, amadurecendo e ponderando, somando significados.

De fato, nessa correria toda temos pouco tempo para fazer esse tipo de coisa, ocupados que estamos com uma quantidade enorme de afazeres, reais ou imaginários. Necessidades que criamos ou assumimos para nós, sem que muitas vezes tenham alguma relação real de causa-efeito com nossos objetivos nesta vida.

Passamos a maior parte do dia ocupados ou nos sentindo ocupados, para que tenhamos aquela sensação "quentinha" de pertinência ao "grupo dos que trabalham". Quantas vezes acabamos inventando compromissos para nos manter em atividade? Penso que o Domenico De Masi teria muita coisa a dizer sobre isso.

Aí eu começo a olhar para dentro e me pergunto: "Qual foi a última vez que eu brinquei de esconde-esconde com a minha alma?". Assim dizendo, formalmente, acho que foram poucas vezes. Não tenho um horário marcado no dia (por exemplo, das 8h às 9h) para refletir ou meditar. Essas coisas são muito pouco racionais, na acepção "engenheiral" do termo. Representam profundas raízes de natureza não matemática, que formam os bosques e jardins da nossa paisagem interior.

O momento "zen", o "soto-ri" oriental, ou a "iluminação", acontece quando tem de acontecer, sem respeitar hora ou local, como num ato de deliberada rebeldia, convidando-nos à transgressão das regras. O transgredir é fundamental, porque nos lembra nossa ascendência divina, nosso poder de ousar construir um Universo se assim quiser nossa natureza mortal. Esse convite à transgressão momentânea das regras terrenas serve, também, como uma espécie de "abrir e fechar" os olhos da alma, trazendo-nos vislumbres da nossa caminhada desde o início dos tempos. De fato, é como se o nosso "euzinho" aqui recebesse um convite para brincar de "esconde-esconde" com o irmão maior que mora lá fora.

Outro autor afirmou, certa vez, que nosso corpo atual é o resultado da evolução da poeira cósmica inicial, espalhada pelo Universo quando do "big-bang" que o formou. Mesmo por aí, você já pensou nas possibilidades que isso representa? Se a memória da espécie está "armazenada" no DNA, porque não seria possível acessá-la de vez em quando? Mesmo involuntariamente.

Olha, meu caro leitor, tem muita gente que eu conheço e que vai fundo nessa linha de pensamento. Aí você me pergunta: "Mas qual pensamento? Quem disse que existe uma linha de pensamento ou raciocínio?".

O que eu posso dizer é que você tem toda razão. Muitas vezes, utilizamos o conceito de linha disso ou daquilo como figura de retórica para nos auxiliar em alguma exposição. Na verdade, eu acredito que não há uma "linha", ou mesmo um "plano", mas uma coisa parecida com uma "nuvem" multidirecional, além das três dimensões do nosso mundinho aqui, além do tempo que já vivemos ou que ainda vamos viver, além de tudo que já conhecemos ou ainda vamos conhecer.

Costumo chamar isso de "vento divino", o hálito multidimensional que emana continuamente do Criador e faz viver as coisas, balançar as árvores, formar as ondas do mar da criação, empurrar os átomos e moléculas certos uns contra os outros, num trabalho infinito e paciente.

Bem, voltando agora ao "esconde-esconde", é isso que eu penso que nós vemos naqueles vislumbres. No piscar dos olhos da alma notamos aqueles clarões momentâneos, iluminações, "revelações", que às vezes até podem dar origem a uma nova corrente de ideias (outra retórica, né!) se pousar na consciência de alguém obstinado o bastante para fazê-lo.

Mas além do "esconde-esconde", quando acontece um desses momentos, a reflexão e a meditação se fazem necessárias para distribuir e acomodar a luz recebida. A reflexão envolve a fuga dos padrões terrenos, a exposição de si mesmo à luz que chega, como num palco de teatro. Um ator ensaia dezenas de vezes, às vezes centenas, um determinado ato, achando, após determinado tempo, que tudo está compreendido e pronto para o espetáculo. No entanto, quando chega a hora de subir a cortina, pisar o palco e expor-se ao escrutínio geral, aí é que soa o gongo da luta real, a hora da verdade.

Nossa reflexão é mais ou menos isso, quando nos expomos de corpo inteiro ao escrutínio de nós mesmos, nosso mais feroz inquisidor, sem máscaras, sem fazer mais o "jogo do contente" da Poliana.

O que faz sentido, afinal? A razão puramente material não é capaz, infelizmente, de responder a essa questão. Digo infelizmente porque seria muito bom e cômodo se a vida pudesse ser descrita por meio de equações matemáticas. Bastaria, então, resolvê-las e tudo estaria definido, terminado.

É preciso muito mais do que apenas nossa "razãozinha" cartesiana para compreender e assimilar a ponta e o tamanho do novelo que estamos tentando puxar.

A reflexão é um instrumento apenas, dentre inúmeros outros, que pode nos ajudar nessa tarefa. A meditação após a reflexão pode complementar bastante, acomodar os vazios e dar tempo à nossa alma, ou espírito, ou essência universal, para digerir o presente recebido.

É como se nos colocássemos de corpo inteiro, nus, ao sabor do "vento divino", nos balcões, nas sacadas que dão frente à paisagem do Universo em criação, evoluindo continuamente.

Fechar os olhos e sentir, apenas sentir, o vento tateando suavemente o nosso corpo. Aquele mesmo vento que deu início à corrida da vida, que passou pelas folhas das árvores, que formou as ondas de energia, que deu origem a tudo o que existe, que movimentou as primeiras estrelas e constelações que se espalharam pouco a pouco e que, pasme você, acabaram chegando até aqui no exato momento necessário ao encontro com a pequena sementinha, a poeira cósmica trazida no bojo de algum cometa, que deu origem a nós dois aqui, eu e você, meu caro leitor.

Esse sentir é arrasador, uma experiência definitiva, em que começa o real "esconde-esconde", envolvendo todos os outros personagens do grande espetáculo teatral que presenciamos e que encenamos, mas do qual conseguimos apreender somente uma pequenina parte. Como numa escola, pouco a pouco, sempre acumulando conhecimentos, sensações, porém produzindo alguma sabedoria.

Os caminhos da vida são tortuosos, árduos, cheios de pedras pontiagudas que nos machucam os pés, no entanto, após um tempo na direção certa, as feridas não doem mais.

22
UM EPISÓDIO NO PARAGUAY

Rodrigo de Lima e Silva era meu nome. Na qualidade de sobrinho do grande general, marquês e depois duque de Caxias, adorava Assunción. As tarefas de aprendiz na missão diplomática brasileira deixavam muito tempo para escapadas na noite, namoros às escondidas e rodadas de aguardente nos muitos bares de fama duvidosa.

Meu pai, irmão do futuro duque, havia morrido muito jovem de uma febre tropical e minha mãe, casada pela segunda vez com um diplomata inglês, logo se mudou para a Europa fervilhante, muito mais de acordo com o seu temperamento expansivo e alegre. Daí em diante fiquei aos cuidados de tia Carlota, a irmã mais velha de mamãe e não tão alegre.

Tia Carlota, na verdade, nunca havia gostado de mim e logo meu tio famoso tomava a seu cargo a tarefa de minha educação e encaminhamento na vida. Cresci na caserna e, como consequência, acabei optando pela carreira das armas, influenciado pelos colegas e pela enérgica e carismática figura de meu preceptor. Assim, pensava preparar-me para ganhar a vida por minha própria conta, apesar de o duque nunca o admitir, pois, segundo ele, tinha feito uma promessa para o finado irmão de nunca me deixar faltar nada.

Na capital paraguaia rolavam soltos meus sonhos da mocidade, onde Rafaela Fernanda Iribarra, apaixonada por Fernando que, por sua vez, também fazia sangrar inúmeros corações, hipnotizados por sua grande beleza. Rafaela, que não admitia ser derrotada por Izabella no terreno do amor, era filha de um alto funcionário do governo de Solano López, talvez o déspota mais iluminado que jamais tenha aparecido nas Américas. Formando uma daquelas intrincadas tramas da mocidade, eu e Izabella acabamos nos apaixonando, passando momentos inesquecíveis juntos e tornando mais doce a minha tarefa de "adido militar" à embaixada.

Meu grande rival acabaria sendo John Torrington, uma espécie de adido "cultural" de serviço na embaixada britânica. Depois, John acabaria se revelando, na realidade, um instigador de intrigas, colocado ali estrategicamente pelo governo de Sua Majestade, interes-

50 TONS DE VIDA

sado em desestabilizar a prosperidade do governo de Solano López, que vinha resolvendo de maneira brilhante as questões nacionais, mas contrariando imperdoavelmente o voraz apetite comercial do leão inglês.

Alguns anos depois, meu rival inglês acabaria se perdendo em uma missão ao continente Antártico, sem deixar qualquer pista. Foram anos dourados, sem dúvida, e hoje traz muitas saudades ao meu coração sofrido de militar, obrigado, pelo jogo de interesses maiores, a tomar parte na covarde agressão perpetrada contra aquele país, que também amava e considerava meu de certa forma.

Alguns meses de conflito foram suficientes para deixar claro a todos que a guerra estava já perdida. Triste sina dos sofridos paraguaios. Meu tio tinha se recusado a continuar a matança e voltado para o Rio, disposto a convencer a débil vontade política de Pedro de Alcântara a depor as armas, uma vez que não havia mais obstáculos de monta a vencer. Entretanto, o duque nada conseguiria, pois o governo brasileiro era virtual refém do império britânico, mercê de pesadíssimas dívidas contraídas com os bancos da "city" londrina.

Desse modo, convencido pelos "conselheiros" ingleses a varrer do mapa aquela "víbora peçonhenta", limitou-se a designar ao comando das tropas, em substituição ao meu tio, um seu genro, o conde D'Eu, casado com a princesa Isabel. Homem cruel, sem falar um "a" de português, língua que, na verdade, abominava, logo encontrou terreno fértil para colocar em prática suas ideias doentias, insufladas por seus amigos europeus.

O final do flagelo daquela que tenha sido, talvez, a maior potência sul-americana daquele tempo, não seria breve como todos esperávamos. A matança do corpo e da alma do Paraguay continuaria ainda por muito tempo e, mesmo sem o desejar, o destino empurrar-me-ia a testemunhar tudo isso na frente de batalha, como "observador". Como meu tio não acreditava mais naquela guerra e eu tinha pedido a ele que conseguisse minha desmobilização, isso tinha me tornado uma espécie de "suspeito" por ali.

Ainda me lembro do que me disse o duque: "É importante que fique e veja tudo o que vai acontecer. Tenho certeza de que aprenderá muito e nunca mais irá se esquecer". Foram palavras tristemente proféticas. De fato, nunca mais haveria de limpar da lembrança as cenas de selvageria, dos crimes cometidos naquela terra antes tão alegre e progressista.

Estávamos em campanha e a maioria dos oficiais mais graduados do regimento estavam prostrados de febre.

"A vingança da terra ferida", diziam alguns, e apenas eu havia sobrado, ou seja, era o único oficial de alta patente ali. Assim, o comandante das tropas, o ilustre genro do imperador, tinha resolvido maquiavelicamente testar-me e, ao mesmo tempo, vingar-se das afrontas de meu tio, crítico feroz de seus métodos junto à Corte. Deu-me, então, uma ordem direta para perseguir uma unidade do exército paraguaio e destruí-la caso conseguisse encontrar sua "guarnição" ou forte.

Era uma situação delicada, pois, se me recusasse, com meu ato poderia fornecer a ele o motivo que queria para me acusar de covardia frente ao inimigo, além de municiá-lo em seus propósitos de destruir o resto de prestígio que meu tio ainda dispunha junto ao imperador. Entretanto, se o fizesse, estaria colaborando com a continuidade daquela matança sem sentido, perspectiva que me horrorizava e pulverizava minhas esperanças de sair daquele inferno com alguma saúde mental.

Tinha solicitado minha transferência para o Brasil diversas vezes, vendo negadas todas elas. Meu tio dizia que precisava de mim perto daquele sanguinário europeu para mantê-lo informado dos acontecimentos, fornecendo os elementos de que necessitava para continuar tentando livrar o exército brasileiro daquilo que ele considerava um vexame.

Concordava com ele porque, de fato, eu era a única pessoa de confiança com quem podia contar na frente, sendo que a maioria da oficialidade parecia ter assumido a loucura do chefe, uma verdadeira histeria criminosa coletiva.

Servir como "observador" já parecia aos meus olhos algo suficientemente odioso, tendo em vista a impotência que sentia para cobrar termo àquela verdadeira tragédia humana, mas agora aquilo? Deveria tomar o comando e perseguir aqueles coitados, que eram descritos na ordem recebida como "tropa de linha"?

Fazia já algum tempo que vinha notando a diminuição da idade dos nossos "oponentes". Chegáramos, então, a um ponto em que combatíamos meninos imberbes, alguns menores do que suas armas, mas que, apesar disso, não se rendiam, lutando ferozmente até o último cartucho. Quando terminava a munição, que normalmente era pouca, começava a carnificina, ordenada e incentivada pelo sangrento nobre europeu, que o acaso caprichosamente resolveu atirar-nos em cima, fazendo-o se casar com a nobre Isabel, filha de Pedro II.

Os homens do exército brasileiro eram duros e impiedosos, sendo particularmente cruéis os de Davi Canabarro, um velho coronel caudilho gaúcho, que se comprazia em assistir o rolar das cabeças dos pequenos adversários a golpes de facão e baioneta, costume que odiosamente tinha se tornado uma prática comum por parte dos nossos soldados.

As coisas que vi, e que depois passei em detalhes em minhas cartas ao duque, acabaram por cavar um fosso intransponível entre o meu presente e os sonhos que tinha na mocidade, quando entrei formalmente na escola de oficiais. No entanto parecia que tudo havia conspirado de modo sinistro para a situação, a ordem de assumir tal comando em situação tão odiosa.

Pensava em meus amigos de tão poucos anos antes, dos quais havia perdido os rastros no torvelinho da guerra, alguns deles para nunca mais voltar a ver, pelo menos no plano material. Suas figuras sorridentes nunca mais sairiam da minha lembrança, minhas cordiais disputas pela mão de Izabella, o que divertia bastante a Alejandro, seu irmão, que dizia ser a única solução casarmos todos com a "prenda", em uma versão invertida da poligamia árabe.

O hálito de amor estava ainda quente em meu rosto, naquela mesma manhã em que despertei de um sonho maravilhoso, no qual ela me dizia estar bem e que sempre estaria à minha espera.

Porém fora do sonho, no mundo real, uma sofrida decisão me aguardava, mas que, após alguma reflexão, conduziu-me a procurar seguir as ordens recebidas, mas à minha maneira. Tinha decidido conduzir aqueles soldados para bem longe do teatro de operações, onde deveriam estar os nossos assim chamados "inimigos".

Mal sabia eu que posteriormente, a decisão tomada de seguir tal caminho seria interpretada como um feito digno de um "gênio militar" porque, infelizmente, o comandante dos desgraçados tinha resolvido tentar surpreender-nos pela retaguarda, que julgávamos bem defendida. Sem querer, com meu gesto havia cortado o caminho aos paraguaios, pegando-os em sua própria armadilha.

— Senhor, os batedores travaram escaramuças com os "guaios" e agora estão a persegui-los. Eles acreditam que sua "guarnição" está situada perto daqui, mais ao norte.

Fitei incrédulo o ordenança.

Seria possível estar sendo manipulado daquela maneira pelo destino? Meu Deus, esperava que tudo aquilo fosse mentira, apenas um pesadelo.

Tentei aparentar uma calma que, definitivamente, não tinha.

— Alvarenga, tem certeza? Não será mais um grupo de bandidos assaltando a esmo por aí? Olha lá que já fomos enganados mais de uma vez.

O ordenança, no entanto, transpirava na fisionomia aquela certeza que eu não queria ler.

— Não, major, são mesmo os "guaios", muitos deles, e dirigem-se ao norte, talvez para o sítio onde fica sua "guarnição". Desta vez não há possibilidade de erros, pois temos suas identificações e capturamos uma de suas bandeiras. Os homens estão orgulhosos do senhor, correndo na tropa vários comentários sobre sua argúcia, porque ninguém jamais pensaria em procurá-los por aqui. Todos estavam já com o moral baixo, porque, para eles, parecia estarem sendo levados deliberadamente para longe da batalha. Meus parabéns, major.

Longe de sentir-me orgulhoso com meu "feito", estava agora com uma situação bastante delicada nas mãos, e logo chegaria a minha "hora da verdade", da qual tentava fugir, mas que, inexplicavelmente, parecia mais e mais me atrair. No plano espiritual formavam-se grandes agrupamentos de espessas nuvens de material denso, prenunciando mais uma tempestade moral prestes a se abater sobre o orbe.

— Diga-me, tenente, onde estão os homens?

— Todas as unidades partiram atrás dos "guaios", mas aguardando uma ordem sua para o ataque. Eles querem que o senhor vá liderá-los pessoalmente rumo a mais essa vitória.

Que ironia, pensei comigo, que aquela "vitória" nunca desejada se encontrava agora no limiar da minha barraca. Quando na escola de oficiais, as grandes batalhas do passado enchiam os olhos de todos, o pensamento estratégico dos grandes generais, desde Ciro, Júlio César, até Napoleão Bonaparte, suas vitórias brilhantes e esmagadoras. Entretanto tudo aquilo era muito impessoal, algo como se tratasse de simples peças num tabuleiro de xadrez, sem sangue, tudo limpo e elegante, nada mais do que outra frase a ser mencionada numa roda de amigos, nas festas da Corte. A maior parte dos meus amigos nunca tinha cortado um dedo, quanto mais visto algo que fosse tão parecido àquele inferno em que tínhamos mergulhado durante todos aqueles anos, manietando o outrora orgulhoso povo do país vizinho. Resolvi me apressar, para estar à frente dos homens e finalmente encarar o meu destino. Deus haveria de me ajudar.

— Muito bem, Alvarenga, passe a todos os homens uma ordem para aguardar e depois venha até aqui para ajudar na minha preparação.

Logo estávamos todos em desabalada carreira, em cadeia de "marche-marche", atrás dos "guaios", seguindo seus rastros qual sabujos sanguinolentos em busca da raposa. Por longo tempo seguimos aqueles homens, mas, vez por outra, éramos levados a trilhas equivocadas, fazendo-nos perder muito tempo, despistando-nos da verdadeira localização de sua "guarnição". Resolvi me mexer um pouco por conta própria, escolhendo alguns homens nos quais podia depositar alguma confiança, de modo a formar uma patrulha para investigar uma pista que havia nos chegado às mãos por meio de um de meus batedores.

O comandante paraguaio parecia ser mesmo esperto qual uma raposa, manobrando seus homens com maestria invulgar, mas um pequeno vacilo tinha nos deixado indicações preciosas sobre a localização de sua principal base de operações. Além de querer verificar pessoalmente a veracidade da informação, antes que os outros tomassem ciência de seu conteúdo, tencionava ganhar algum tempo para pensar e ter certeza de que também não se tratava de mais uma armadilha para nos pegar. Após caminharmos cerca de meio dia a cavalo, enfim chegamos a um pequeno desfiladeiro, onde topamos com o que seria a "guarda avançada" do inimigo. O pesar invadiu-me o espírito novamente, pois as circunstâncias e os sinais levavam-me a constatar que havia mesmo uma grande chance de ter encontrado o sítio que abrigava o grosso das tropas do meu oponente.

"Que azar", pensei. "Logo agora que pensava estar levando os homens para longe da matança cai-me às mãos nada mais do que um quartel paraguaio. Parece que o destino conspira mais uma vez para me provar".

Sem saber bem o que fazer, mas ainda procurando ganhar algum tempo, mandei Alvarenga e dois outros soldados fazer uma sondagem nas proximidades, na verdade inútil e mais com o propósito de desviar um pouco as atenções de todos quanto à nossa "descoberta". Rezava em meu íntimo para que eles nada encontrassem, mas tinha já a certeza e sabia que tal não ocorreria, porque tudo indicava a presença de tropas por ali – os rastros, a disposição das sentinelas –, podendo-se perceber, sem sombra de dúvidas, o dedo de alguém que conhecia alguma coisa de estratégia militar.

Porém parecia que o meu oponente havia sido surpreendido com nossa presença por aquelas bandas. No mínimo, ele devia ter calculado, assim como eu, que seria um local muito distante da frente de batalha para alguém se interessar em enviar alguém, e o resultado agora é que estávamos frente a frente. Não demorou muito e Alvarenga retornou com seus homens, trazendo um "prisioneiro", um menino de não mais do que 10 anos. Era mais do que esperado, pois quase já não se via homens adultos naquele país, ceifados pelo verdadeiro furacão da morte, insuflado pela insanidade dos nossos comandantes maiores, a soldo dos nossos "aliados" britânicos.

— Vamos, miserável. Fique em posição de "sentido" diante do nosso comandante.

Com um bofetão, o rude tenente lançou violentamente o pequeno ao chão barrento, caindo à minha frente.

— Basta, tenente. Somos soldados e não bandidos. Já me cansei de repetir e sabem o que penso a respeito.

O agressor quedou, constrangido, ao ser repreendido em frente aos seus homens.

— Mas major, o moleque feriu um dos nossos de morte.

O sangue subiu-me à cabeça com a resposta daquele bruto.

— É mais um motivo para que não nos transformemos em animais.

Olhei para o menino. Devia ter a mesma idade de meu filho Rodrigo, que naquela hora certamente estava se divertindo com seus amigos no quintal da nossa casa no Rio de Janeiro, aproveitando a inocência de sua infância, sem imaginar o que estávamos passando ali. Ergui com cuidado o menino do chão e limpei seu rosto com meu lenço. O pequeno "soldado" estava leve como uma pluma, sabe lá Deus quando tinha comido pela última vez. Descalço, a única coisa que talvez lembrasse um soldado era a túnica surrada, já quase totalmente descolorida, do exército paraguaio.

— Como se chama, soldado?

Lágrimas desciam suavemente pelo rosto do menino, num choro tranquilo e não convulso, denotando profunda revolta íntima.

— Hector.

Fiquei olhando aqueles olhos miúdos e lembrei-me, como um filme passando em minha mente, da minha própria infância. Naquela idade, minha preocupação maior era brincar todos os dias com meus primos, formando um grupo que infernizava vezes sem conta a vida dos feirantes na velha cidade do Rio de Janeiro. A tragédia se mostrava evidente, na fisionomia daquela criança.

— Anda, menino. Conte ao major como atirou contra nós.

— Chega, Alvarenga. Agora pegue seus homens e deixe-nos a sós. Preciso ter uma conversa séria com esse soldado.

Os homens espalharam-se contrafeitos enquanto nós entramos em minha tenda de campanha.

Fi-lo sentar em um pequeno tamborete e eu sentei-me no catre. Observamos um ao outro longamente, e foi o "soldado" quem quebrou o silêncio.

— Você vai me matar? Se for, acabe logo com isso.

Não respondi de imediato, procurando assumir uma atitude tranquilizadora, tentando diminuir um pouco o pânico que se estampava no rosto daquela criança-soldado.

— De onde você tirou essa ideia? Ainda não disse nada.

— Já vi muita coisa, major, e sei que neste caso não será diferente. Mas quero que saiba que não tenho medo de você. O coronel vai acabar com todos vocês, assassinos, porque ele é forte, e também não tem medo de nada.

Ofereci ao pequeno um pouco de água do meu cantil e um pedaço de carne seca, que ele consumiu avidamente.

— Seu coronel deve ser um homem formidável, não é mesmo? Conte-me mais sobre ele.

Meu interlocutor hesitou, demonstrando receio de ter falado demais.

— Não se preocupe, soldado, porque procurar conhecer uma pessoa não constitui ato de traição, é apenas uma tentativa de promover amizade e compreensão mútua.

O menino riu, nervoso.

— Grande amizade. Todos os meus parentes, meus pais e muitos de meus amigos estão agora mortos, enterrados por aí em algum lugar que ninguém conhece. Como pode o major vir me falar de amizade? Veste a mesma farda dos assassinos covardes que degolaram meu pai e minha mãe na frente dos meus olhos.

Depois foi a vez de Antonio, Pedro e Rosita, meus irmãos. No entanto Deus me ajudou e consegui fugir, embrenhando-me no mato, onde andei sem destino por vários dias, até o coronel me encontrar. Desde então, juntamente a muitos outros, temos estado com ele a combater e tentar expulsar do nosso país essa doença que são vocês.

O coronel tem sido bom para nós, um pai, um verdadeiro patriota, ensinou-nos a atirar e a enganar vocês. Explicou a todos o que vocês estão fazendo com nosso país e conseguiu nos transformar em soldados, uma unidade do exército do qual é comandante, guiando-nos por várias vezes a vitórias diante de seus criminosos.

O pequeno Hector tremia e falava com orgulho, agarrado àquela que era a última tábua a manter seu frágil barquinho de criança navegando naquela tempestade que se tinha abatido sobre o nosso mundo.

— Sabe, soldado, apesar de todos os crimes que presenciou, do aparente fim do mundo que se transformou a sua vida, ainda existem muitos brasileiros que pensam igual a você. Abomino essa violência horrível e sem sentido que parece não ter fim, que transforma homens pacatos em terríveis feras enlouquecidas. Também aprendi muito, meu pequeno soldado. Perdi muitos amigos nesta guerra e nunca vou conseguir perdoar a quem causou isso tudo.

No fundo eu sabia que não importa o que eu dissesse, o menino não iria acreditar em mim.

Meus nervos estavam à flor da pele, a ponto de explodir, tal a ansiedade por mim vivida ao longo daqueles dias, e agora descobria, espantado, que estava a desabafar com um menino. Chegou, finalmente, de retorno do comando, o capitão Izidro, enviado por mim na tentativa de descobrir outra alternativa para assumir o comando do regimento.

Porém mais uma vez parecia que a minha sorte já estava selada, que aquela seria mesmo a minha hora da verdade, que estava, afinal, jogado ao meu próprio risco, seja porque de fato não havia alternativa ou porque os adversários de meu tio viam ali uma excelente oportunidade para se vingar, ainda que indiretamente, em minha pessoa.

Izidro era um dos muitos gaúchos que tomaram parte na campanha do Paraguai, na verdade um dos castelhanos provenientes do Uruguai, mas que acabaram por adotar a pátria brasileira como sua.

Homem de coragem, mas sobretudo de muito caráter, acabamos por tecer longa amizade durante os anos em que servimos juntos e agora, quando me caía às mãos tão odioso comando, não tive outra alternativa senão designá-lo como meu imediato, porque era o único no qual podia confiar cegamente, sem medo de ser traído em minhas confidências, para cumprimento de minhas ordens. Tendo servido algum tempo com o duque, meu tio, o capitão compartilhava minhas opiniões sobre a descaracterização daquela campanha, deplorando também a triste missão da qual havíamos sido incumbidos de aniquilar o patrimônio humano daquele país, um verdadeiro genocídio em massa.

— Qual, major, nada consegui. Apenas a confirmação de suas ordens e esta carta de congratulações enviada pelo próprio conde D'Eu, pela maneira como conseguiu "cercar" as tropas inimigas pela retaguarda.

Eu pensava no menino Hector, agora prisioneiro em minha própria tenda, para fugir à sanha da soldadesca.

— Então é o fim, Izidro, porque nunca vou conseguir perpetrar um massacre tal qual o que se avizinha de nossas portas.

— Compreendo, major, mas devemos considerar que há muito mais em jogo aqui do que vidas humanas. Temos que continuar tentando alguma solução, porque todos no comando estão de olho em nós, à mercê que estamos de inúmeros espiões de sua alteza, o conde. Por acaso o major tem outra ideia?

— Nada, meu bom amigo. Já pensei muito a respeito e fiz de tudo para desviar a atenção dos homens para outras coisas, mas sem resultado. Acho que o desastre se aproxima de nós inexorável. Sinto-me cada vez mais impotente, pois, se acaso a batalha iniciar por qualquer um dos lados, não conseguirei mais segurar os homens.

O capitão quedou pensativo por instantes e depois sugeriu o que parecia ser a última esperança.

— Rodrigo, tenho uma ideia que talvez possa não adiantar nada, mas que, nas circunstâncias, parece ser uma última cartada. Vamos procurar o comandante paraguaio, o coronel do qual fala Hector, o pequeno soldado, para sondar as possibilidades correspondentes às suas verdadeiras posições. É a última coisa a fazer, e talvez possamos vislumbrar outra opção, quem sabe alguma saída honrosa para ambos os lados.

Izidro tinha razão. Era mesmo a última cartada e já vinha pensando nessa possibilidade há algum tempo, mas como fazê-lo em segredo se estávamos cercados de espiões e delatores de toda espécie?

— Já pensei nisso, major, e poderemos sair à noite, como uma patrulha normal.

É comum despacharmos patrulhas de duas em duas horas para percorrer a frente durante a noite, por isso já combinei com um sargento de minha companhia, homem de confiança, para deixar por minha conta a segunda patrulha, que deverá sair perto das 2h. Caso concorde, estaremos nessa patrulha eu, o sargento, mais dois soldados, você e o pequeno Hector, que levaremos a pretexto de que o menino deseja nos mostrar algum detalhe no terreno.

O plano é enviar Hector para que ele entregue uma mensagem ao coronel dele, pedindo-lhe para vir conversar conosco em um local já predeterminado. Na verdade, independentemente de sua aprovação, e espero que me perdoe algum dia por isso, já tomei a liberdade de fazer os primeiros contatos com o comandante paraguaio por meio de outro dos prisioneiros que soltei a noite passada.

Como o tempo urge, pensei que teria sua aprovação, pois sei o que sente a respeito disso tudo. É mesmo a última cartada, Rodrigo. O que me diz?

De fato, meu amigo tinha razão, e não cabia maiores considerações de ordem disciplinar em função da urgência da hora.

— Claro que concordo. Diga logo ao seu sargento que estaremos lá na hora aprazada. Entretanto é mister tomarmos muitos cuidados em relação aos homens para que tudo não acabe indo por água abaixo. Estão muito inquietos e sequiosos de ação, esperando apenas um sinal para começar a matança.

Combinamos que Izidro e o sargento passariam na minha tenda de campanha, onde deixaríamos duas sentinelas de confiança para despistar o restante da tropa, dando a impressão de normalidade. Assim, teríamos perto de três horas até o alvorecer, para irmos conversar com o comandante paraguaio e voltar sem ninguém perceber. O que não sabíamos é que um dos soldados, a soldo de Alvarenga, já tinha colocado seu chefe a par dos nossos planos, o que acabaria por nos trazer grandes dores de cabeça.

Entrei em minha barraca um pouco mais animado pela perspectiva de ação, disposto a descansar por alguns minutos até a hora de sairmos. O menino dormia a sono solto, tirando o atraso de muitas noites em claro. Além disso, durante aqueles dias tinha providenciado farta alimentação para ele, o que também contribuía para torná-lo mais pachorrento e dorminhoco. Pouco a pouco consegui vencer suas hesitações iniciais a meu respeito e logo passamos a conversar bastante sobre sua vida, seus pais, as cidades, sobre como era a realidade de seu país antes da guerra. Hector era um menino simples do campo, sem muitos conhecimentos, mas dotado de rara sensibilidade para entender aspectos mais sutis, tais como significado de pinturas que lhe mostrei em um dos meus livros ou mesmo nos contos que lia para ele antes de dormir.

Que saudades sentia do pequeno Rodrigo, meu filho, que tinha ficado na metrópole e que agora se materializava na figura daquele pequenino, que se intitulava soldado e que meus homens viam como inimigo. Como enxergar um inimigo naquele menino tão pequenino? A guerra realmente injetava grande dose de loucura na mente das pessoas e às vezes era preciso muito equilíbrio interno para não se tornar mais um criminoso. Deitei-me no catre e adormeci quase de imediato, sobrevindo-me um estado de sonho no qual me sentia muito bem, livre de todas as minhas preocupações e angústias.

Parecia que mãos amigas me amparavam, de gente que há muito tempo não via, um sentimento inexplicável de saudades de alguém muito querida, uma fugaz imagem, qual de uma santa, passando rapidamente ao meu lado. Minha razão sonolenta lutava para definir racionalmente o que meu espírito já tinha reconhecido.

De repente, passou pela minha mente imagens de um tempo distante, figuras usando vestimentas estranhas, qual togas romanas, um rosto de mulher, seus cabelos pretos e olhos profundos, também pretos, seu sorriso franco parecendo querer me dizer alguma coisa. Parei de tentar entender com a razão e deixei minha alma flutuar gostosamente por aquele oceano de lembranças, sem opor nenhuma resistência, apenas sentindo.

Jorros de luz cinzento-azulada pareciam descer daquele estranho firmamento, diretamente sobre meu corpo, e comecei a perceber mais claramente as coisas. Não sei como, reconheci-me numa figura trajando fatos militares romanos, juntamente àquela mulher de cabelos pretos, que intuí ser de grande importância para mim.

Trocávamos juras de amor em uma espécie de praia para mim desconhecida, cheia de barcos ancorados balançando levemente. Senti uma ternura indescritível e subitamente lembrei e minha alma percebeu a significância de tudo aquilo. Tinha encontrado mais uma vez minha eterna namorada, que meu espírito cansado havia procurado em vão nesta minha passagem pela Terra. Sem dúvida senti que, independentemente da forma ou da aparência que pudesse tomar, reconheceria minha companheira em qualquer situação no infinito.

A angústia apoderou-se de mim. Qual a razão daquilo se não poderia encontrá-la verdadeiramente na matéria? Não seria aquela uma tremenda injustiça dos céus para comigo? Mostrar-me novamente minha amada e me impedir de abraçá-la e tê-la comigo? Por que viemos separados dessa vez?

Nesse sonho em que parecia perder a serenidade do momento, uma augusta figura de ancião estendeu a destra sobre minha fronte, inundando-me por dentro com uma sensação de indizível bem-estar, ao mesmo tempo em que, por meio da intuição, transmitia diretamente à minha mente uma mensagem, buscando reavivar minha vontade de lutar, que, à mercê dos acontecimentos na matéria, oscilava perigosamente.

50 TONS DE VIDA

"Meu filho, não deixe entrar no seu coração esse sentimento de revolta, porque tudo o que conosco ocorre é por obra e graça de Deus, o grande arquiteto que amorosamente nos traça as diretrizes para levar a todos nós, sem exceção, em direção à verdade maior de Seu reino. Se agora você passa por questões angustiosas, que exigem firmeza de espírito e coragem para resolver, saiba que tal é necessário para que você tempere sua alma no fogo das provas terrenas, tornando-o apto para novas ousadias, pois o reino de Deus se expande à incomensurável velocidade, não para jamais e exige constantemente nosso concurso para se tornar realidade. A obra divina é infinita, por isso não tente entendê-la toda de uma vez ou mesmo pensar nisso tudo como sendo alguma coisa que gravita em torno de si apenas. A maior parte dos homens, quando na matéria, tende presunçosamente a acreditar que todas as coisas gravitam em torno de seu umbigo. A verdade, no entanto, é outra. Nesse mundo de preparação são forjadas as armas que utilizaremos para quando nos tornarmos soldados da obra de Deus, em seu esforço para transformar o universo em uma sementeira de paz. Para tanto, devemos nos esforçar primeiro para transformar este nosso campo de provas em um campo de paz. Ainda vão passar muitos anos, mas logo chegará o tempo em que não mais haverá lugar para violência, porque à medida em que caminha, a humanidade melhora paulatinamente.

O grande arquiteto do Universo, em Sua sabedoria infinita, desenhou nossos caminhos de forma a melhorarmos continuamente, na medida das nossas ações e do uso do nosso livre-arbítrio. Por isso também não é sábio 'deixar tudo nas mãos de Deus' como fazem muitos, porque sem a iniciativa criadora das pessoas nada acontece e estacionamos em nossa senda evolutiva, alongando nossos caminhos e enchendo de pedras a nossa estrada. Se hoje você experimenta provas acerbas, que exigem grande dose de ponderação de sua parte, saiba que há muito tempo, quando da vinda de nosso Mestre Amado, tal oportunidade não foi adequadamente aproveitada e agora aparece uma segunda chance, um desafio igualmente importante ao seu espírito imortal, ao qual somente você mesmo poderá responder.

Queremos que você sinta que muitos de nós, seus companheiros de vários anos e inúmeras jornadas na matéria, estamos torcendo por você e já saboreamos de antemão a sua vitória, porque temos certeza de que agora saberá triunfar sobre as forças das poderosas trevas que rondam nossa mãezinha Terra, mas que são impotentes para conter o amor e o magnetismo positivo de quem luta pela luz. Não deixe que o desânimo tome conta de seu ser, pois não há sentido maior nisso tudo. Confie e ouça o seu coração e logo terá as respostas de que precisa. Olhe aqui ao redor e perceba a presença de nós todos ao seu lado. Sua alma gêmea imortal, amorosa e carinhosa, seus amigos do infinito, seus antigos inimigos hoje transformados em incondicionais aliados por força de suas experiências em comum, nós outros, que fomos seus pais e seus filhos ao longo de milênios sem conta. Veja que no infinito você tem uma história muito mais longa e exitosa a considerar, muito maior do que a experiência terrena pontual que ora experimenta".

"Meu Deus! Será que é verdade tudo isso?"

"Intuiu corretamente, meu filho, pois o que você vive hoje é que representa verdadeiramente a ilusão. O mundo da matéria é o mundo da ilusão, em que todas as coisas nos são colocadas à disposição pelo Pai Eterno, com o único propósito de nos proporcionar meios pelos quais consigamos superar nossas fraquezas. Cessada a existência terrena, retornamos todos, então, à pátria espiritual, nossa verdadeira casa. Nada semelhante àquelas que o homem terreno edificou, que motiva guerras e mais guerras por conta dessa ou daquela bandeira, porque aqui só existe uma única bandeira, que é a bandeira do AMOR. A única pátria que existe é a pátria em expansão, obra do nosso Pai Eterno, para a qual conta desde já com nosso concurso. Muita paz, progresso e harmonia para você, e não tenha medo de ouvir seu coração".

Senti, então, uma vibração de intensa harmonia a cercar-me, podendo vislumbrar aqueles olhos negros profundos ainda a me fitar, desaparecendo pouco a pouco, conforme despertava em meu corpo material. Izidro sacudiu-me os ombros, tirando-me do paraíso em que me encontrava e trazendo-me de volta àquele inferno.

— Vamos, homem. É hora. O pequeno Hector já nos espera com o sargento Morais do lado de fora da paliçada.

Levantei-me, ainda contrafeito, com uma saudade imensa do lugar onde havia estado, mas a matéria é rude e não nos deixa muito tempo para vacilações. As experiências terrenas não são passíveis de repetição, o que torna tudo mais angustiante ainda, porque uma chance perdida não volta mais. Tomei meu sobretudo negro em forma de redingote e seguimos os dois em direção aos cavalos. Passamos pelas sentinelas externas qual fôssemos quatro soldados comuns rumo à patrulha das 2h, cruzando logo depois com os homens que retornavam da patrulha anterior. A sorte estava lançada. Seria, ali, o meu rubicão?

Prosseguimos noite adentro, sem lua, por um caminho que logo passou a ser apontado por Hector, transformado em nosso guia. Eu seguia animado por uma força estranha, magnética, devido ao meu encontro espiritual, e senti que deveria, por uma razão que pouco a pouco se apagava da memória, confiar no sucesso. Agora não havia mais nada a fazer e resolvi me entregar aos desígnios de Deus, confiando que nossa última cartada haveria de nos trazer mais alguma luz sobre o que fazer. Chegamos a um pequeno desfiladeiro, a cerca de duas horas de viagem de nossas posições, e ouvimos um silvo característico das sentinelas paraguaias, o que nos colocou em alerta.

Tínhamos levado tempo demasiado para chegar até ali. Em aproximadamente uma hora, os homens do acampamento haveriam de descobrir que nós tínhamos saído durante a noite, o que motivaria verdadeira corrida nessa direção. Entretanto, sem que soubéssemos, Alvarenga e seus homens tinham saído antes de nós e já nos aguardavam naquele sítio. Quando vislumbramos o tenente e sua patrulha gelei por dentro, pois parecia estar tudo perdido. No entanto, enquanto Hector prosseguia sozinho em seu caminho para encontrar seu coronel, guiando-o depois ao nosso encontro, tentei aparentar calma.

— Alvarenga, quero saber o que você está fazendo aqui. Não dei ordens para se preocupar com a segurança da paliçada?

O tenente tinha a astúcia de uma ave de rapina e parecia deliciar-se com meu desespero interior.

— Foi o que fiz, major, mas durante a patrulha descobrimos rastros dos "guaios" e resolvi segui-los, o que acabou por nos trazer até aqui.

Pelo visto não sou o único a estar ativo nesta noite. Por acaso não é o capitão Izidro logo ali na frente? Pelo jeito, alguma coisa grande está acontecendo por aqui hoje. Não quer me contar o que é, major?

Sem dúvida, sua intuição aguçada trazia-lhe a certeza de que procurávamos alguma maneira de poupar aqueles meninos paraguaios de seus facões. Senti que Alvarenga, sequioso por vitórias militares que lhe proporcionassem oportunidades na tropa, não deixaria que essa chance escorresse por entre seus dedos.

— É um plano que precisamos ver se tem alguma chance de dar certo. Talvez consigamos vencê-los sem necessidade de derramamento de sangue, o que por certo nos trará maior glória ainda.

— O senhor confia demais, major. Esses "guaios" não são de confiar. Já vi muitos morrerem por causa disso e não vou arriscar a minha pele dessa forma.

Resolvi que era chegada a hora de jogar as minhas cartas. Chamei dois dos guardas que tinham vindo conosco.

— Guardas, estou agora ordenando a vocês diretamente que mantenham este homem sob vigília. Não quero saber mais de interferências que podem estragar meus planos. Guardem-no com suas vidas, pois responderão a mim pessoalmente caso alguma coisa aconteça.

— Está sendo imprudente, major, porque sei o que deseja fazer. Quer tirar de nós a vitória, não é? Quer ficar sozinho com toda a honra, juntamente a Izidro, sem nos deixar repartir as recompensas.

Os homens estavam ficando inquietos e senti que a lealdade deles certamente não estava ao meu lado, mas apenas um resquício de respeito pela hierarquia militar, ainda mais quando sabiam de meu parentesco com o duque.

Sem deixar mais tempo para pensarem, pus um ponto final na conversa.

— Cale-se, tenente, que já se arrisca a uma corte marcial. O mesmo digo àqueles que desafiarem minhas ordens, porque estamos agora em situação de real perigo.

Nada vai me tirar a oportunidade de resolver isso à minha maneira, portanto tratem de amarrar logo esse indisciplinado antes que eu mude de ideia e resolva fazer justiça aqui mesmo.

Eu blefava, pois sabia que não duraria nem um segundo se resolvesse fazê-lo, mas parece que consegui sensibilizar de alguma forma os homens, de modo que o levaram amarrado em cima de seu cavalo, ficando logo atrás de onde estávamos. A noite estava tão escura que nosso raio de visão era de apenas alguns metros, contribuindo para aumentar minhas expectativas. Logo, um silvo agudo trouxe-nos a certeza de que Hector estava de volta.

Já fazia mais ou menos quatro horas que havíamos saído do quartel, o que me levava a prever que nossos homens deveriam chegar por ali dentro de mais uma hora. Tínhamos pouco tempo e havia muito a fazer. Resolvi abandonar a prudência de lado e saí ao encontro do silvo, encontrando Izidro e seus homens no caminho.

— Capitão, vamos apenas nós dois. Não tenho medo e confio que haveremos de ser bem-sucedidos. Deixe seus homens postados por aqui com ordens de se aproximarem apenas se ouvirem tiros.

— Certo, major, mas tem certeza de que deseja ir pessoalmente ao encontro desse "coronel"? Quem sabe não é mais prudente buscá-lo e trazê-lo aqui?

O tempo corria velozmente e não permitia mais tergiversações da nossa parte.

— Não, Izidro. Isso levaria tempo precioso e logo nossos homens estarão por aqui. Quero explorar todas as chances de evitar mais um morticínio.

Sem dar mais tempo ao meu amigo, embrenhei-me no mato, seguido por ele, em direção ao local de onde provinha o silvo agudo da sentinela paraguaia. Chegamos a uma pequena clareira oculta pela vegetação, sendo detidos rudemente por dois homens, que ato contínuo, jogaram-nos ao chão.

— Esperem aqui que o coronel já vem.

Consegui identificar a voz de Hector e senti um alívio interior por ele ainda estar por ali.

— Hector, onde está o coronel? O tempo urge e precisamos falar rapidamente. Se quiser, leve-nos até ele, pois estamos desarmados.

— Fique quieto, major, porque seus homens parecem já ter chegado e estão perto demais daqui.

Logo ouvimos um barulho seco de gravetos se quebrando e percebemos a presença de dois homens mais altos na clareira. A luz da aurora começava a filtrar-se na linha do horizonte, começando a colorir tudo de um vermelho pálido, o que nos trazia mais ainda a certeza de não dispormos de muito tempo.

— Onde está o major brasileiro?

Gelei por dentro. Aquela voz. Seria capaz de jurar já tê-la ouvido antes. Não sabia quando, mas de um passado distante e alegre.

— Estou aqui, coronel. Precisamos falar depressa, pois a tragédia se aproxima a passos largos.

50 TONS DE VIDA

Deu-se um breve silêncio, enchendo-nos o coração de angústia e ansiedade. Meu Deus! Quem seria aquele homem? Senti um abraço, desconcertado, mas não reagi, sentindo em minha barba rolarem lágrimas do desconhecido.

— Rodrigo, meu irmão.

Quase desfaleci. Imediatamente, um pranto convulso brotou descontrolado do meu coração, pois minha alma identificou de pronto meu "oponente".

— Não posso acreditar. É você realmente, Fernando? Você é o coronel?

Ao nosso redor, todos assistiam à cena sem saber direito o que fazer.

— Sou eu, Rodrigo, infelizmente ainda vivo para testemunhar a morte de meu país, meus amigos, a destruição de tudo aquilo por que lutei durante toda a minha vida.

Alejandro, Izabella, Fernanda, Rafaela, todos agora estão mortos ou em local ignorado. Apenas eu fui castigado por Deus e me encontro ainda neste inferno, condenado, talvez, a enterrar o último de meus queridos antes de poder fugir.

Passado o primeiro choque, sentamos em uma pedra na periferia da pequena clareira.

— Fernando, compartilho de tudo o que disse e posso falar que também meu tio assim o sente, porque não patrocina as atrocidades que vêm sendo cometidas pelo assassino que acabou se casando com a nossa princesa. Por essa razão, tanto ele como eu mesmo somos agora perseguidos dentro do nosso próprio país, por vilões que tramam a nossa ruína, invejosos da influência do duque junto a nosso débil imperador, subjugado pelo leão britânico. Entretanto nem mesmo sua influência tem servido para alertar nosso imperador quanto ao genocídio que se comete por aqui. As notícias chegam até Sua Majestade corrompidas em sua essência, transformando as carnificinas hediondas em vitórias militares, motivando, inclusive, a concessão de honrarias e títulos de nobreza àqueles que as executam.

Perdi as esperanças de mudar esse estado de coisas, mas agora, aqui, tenho a oportunidade de tentar reparar, de alguma forma, a honra de meu exército, enxovalhada por essa turba de animais, de um exército outrora merecedor de glórias verdadeiras, mas que agora se vê lançado na lama do crime e da covardia coletiva. É por isso que vim procurá-lo. Independente de ser você ou não, estava já decidido a não mais pactuar com tudo o que vem acontecendo.

Fernando parecia estar com os olhos fixos em algum ponto no firmamento.

— Nada mais pode ser salvo, Rodrigo. Para mim este mundo já está morto.

— Mas pense em seus "soldados", meu amigo. Por favor, poupe-me desse absurdo, porque sou eu o comandante designado para aniquilá-los. Quantos meninos você tem por aqui?

— Não são meninos, mas soldados prontos para defender a honra de seu país. Infelizmente, quase não temos mais adultos para compor as fileiras, mas morreremos lutando com aquilo que temos.

Meus "meninos", como os chama, têm mais coragem do que seus assassinos brasileiros, já viram mais coisas do que a maioria das pessoas deste mundo teria coragem para aguentar, e aguardam ansiosamente a hora de também terem a oportunidade da vingança.

O fel havia se instalado em seu coração devido às terríveis privações que deve ter experimentado em sua tragédia pessoal.

— Fernando, entendo o que está sentindo nesse momento. Gostaria de tê-lo encontrado em circunstâncias diferentes, mas o tempo urge e imploro a você que me ajude, pois quero evitar que mais um crime sem sentido seja cometido por aqui. Por favor, ouça-me.

— Vocês não nos deixaram viver com honra a nossa vida e agora tentam tirar a nossa chance de, ao menos, morrer honrosamente? Como poderemos continuar vivos daqui por diante, meu amigo, com todos os nossos já a nos aguardar no outro plano? Seremos covardes para todo o sempre se abandonarmos nosso país à própria sorte.

Eu estava entrando já em desespero, porque tudo estava prestes a ruir e eu encontrava-me já à beira do precipício. Izidro e os outros ouviam a tudo atônitos, pois não suspeitavam do meu relacionamento com o coronel paraguaio.

— Fernando, seu país vai precisar muito de seus "meninos--soldados" no futuro, meu amigo. Seu maior dever não é enviá-los para a morte certa, em nome de uma honra que verdadeiramente não existe, porque nada constrói. Sob o ponto de vista militar, você e eu sabemos que esta guerra já acabou há muito tempo e meu tio foi embora daqui assim que percebeu isso. No entanto, o futuro se abre agora às suas ações, Fernando, depende de você preservar esses soldados para serem os homens, dirigentes de seu país, ou condenar a sua terra a ser eternamente governada por estrangeiros.

De fato, essa é a proposta que venho lhe trazer agora, aqui, para consideração, e espero, como tenho certeza que de fato o fará, que sua escolha será pautada pela sabedoria, que me lembro sempre ter sido a marca registrada de meu amigo. Vamos lhe dar dois dias para levar seus 'homens' para longe daqui, seguindo a rota que tracei neste mapa, em direção ao norte, onde conhecemos inúmeros estancieiros que, sem dúvida, dar-lhe-ão todo o auxílio se falarem em meu nome, pois me devem alguns favores. Agora, quero que você comece a agir pensando no futuro de seu país, no enorme trabalho de reconstrução que espera todos vocês, porque esse é o verdadeiro ato de heroísmo que seu país espera neste momento tormentoso de sua história. Por favor, meu amigo, pegue este mapa e ande logo. Algum dia nos veremos, em condições mais favoráveis, quem sabe.

Senti uma dor aguda no peito, causada pela perfuração de certeira bala de mosquete, a varar-me impiedosamente a carne. Empurrado violentamente pelo coice do impacto, meu espírito desprendeu-se quase de imediato, rompendo os liames fluídicos que o ligavam ao corpo fardado que jazia por terra no centro da pequena clareira.

Perdi os sentidos e senti-me amparado por mãos diáfanas e luminosas, além de ombros amigos, que me transportaram para longe dali, até um local de refazimento.

Na retaguarda, onde havia deixado os homens guardando o insubordinado Alvarenga, tinha lugar um fato que iria não apenas resultar em meu retorno à pátria espiritual, mas que também serviria para tirar Fernando, o coronel paraguaio, de sua hesitação, fazendo-o tomar a decisão de seguir meu conselho e levar seus "meninos-soldados" para lugar seguro.

O tenente Alvarenga era homem temido por todos na tropa e, na verdade, tinha sido um erro deixá-lo a sós com aqueles soldados. Logo, mesmerizados pelas suas ameaças e forte magnetismo, acabaram por soltá-lo, embora tenham se recusado a acompanhá-lo. Tão logo viu-se livre, pegou um mosquete e dirigiu-se rapidamente até a clareira onde estávamos, tendo ouvido toda a nossa conversa.

— Traidores, todos eles. Querem que nossos inimigos fujam, mas vou tratar de impedir isso. Quem vai primeiro é o major, o covarde que tem medo de lutar com esses fedelhos.

Logo que atirou, ao ver-me cair, não percebeu um dos sentinelas do coronel postado à sua retaguarda, que o liquidou imediatamente, também com um balaço certeiro.

O diálogo que se seguiu à minha passagem para o plano espiritual foi-me descrito pelo próprio Izidro, quando nos encontramos depois de muitos anos. Atordoado pela minha morte, verificando que Alvarenga também tinha sido atingido e agonizava, o capitão, superando tudo com a formidável força de sua personalidade, tratou logo de tomar pé da situação.

— Vamos, coronel, agora não há mais retorno. Rodrigo deu sua vida por isso e devemos seguir suas instruções. Comungo perfeitamente com tudo o que ele disse.

Enquanto você se retira, vou com o corpo do major ao encontro de meus homens, dizendo que foi ferido pelos 'inimigos', que direi terem se dirigido para longe da rota que está descrita em seu mapa. É doloroso que acabe assim, pode acreditar, pois gostaríamos todos de ter mais tempo para assimilar tudo o que aconteceu por aqui hoje, mas é o que não temos.

Nossos homens vêm por aí com o grosso do regimento e, por isso, é preciso que o senhor vá embora logo. Quem sabe o grande arquiteto do Universo ainda haverá de nos reunir em uma duradoura amizade.

E assim foi, com o capitão retornando e encontrando nossos soldados já em desabalada carreira para o combate, detendo a todos com o pretexto de levar-me para tratamento médico, dando tempo exato para a fuga de Fernando e seus meninos.

Mais tarde, com os olhos do espírito pude reviver esses acontecimentos que trago com bastante orgulho na lembrança, a caminhada daquelas centenas de meninos e meninas, conduzidos todos pelo seu "coronel", que depois seria mesmo uma espécie de pai para eles, distribuídos pelas fazendas de amigos situadas nos países mais ao norte.

Muitos anos depois, vários deles voltariam ao Paraguai e desempenhariam valiosas funções no governo, santificando dessa forma todo o esforço que fizemos para dar a eles mais uma oportunidade nesta santa sementeira que é a Terra.

Quando Fernando chegou, finalmente, até nós, fui dos primeiros a abraçá-lo, junto a todos os nossos amigos, revivendo momentos de inesquecível beleza e felicidade.

Sua ação verdadeiramente heroica de reunir sob sua proteção todos aqueles meninos, bem como seus esforços para direcionar a todos eles mais tarde, iluminavam feericamente seu espírito imortal e enchia-nos a todos de orgulho em tê-lo como amigo.

A história não termina neste capítulo, porque hoje, apesar de em outras personalidades e experimentando outros desafios, estamos todos aqui de volta – Alejandro, com sua irreverência, Izabella, Fernando e os outros, meu tio –, novamente no campo de provas, em busca de nossas respostas, de nossas luzes, que iluminem nossos caminhos, que nos habilitem a todos a fazer parte da incomensurável obra do nosso Pai, sob a égide de seu Filho Dileto, nosso amoroso diretor.

O Brasil, retornando ao seu destino maior, arquitetado pelos elevados mentores espirituais muitos anos antes de seu descobrimento, é hoje sinônimo de paz e harmonia sob todos os aspectos – religioso, racial, de ideologias –, configurando um espaço onde verdadeiramente as pessoas encontram as condições ideais para crescerem espiritualmente.

Expurgando seu passado doloroso de algoz imperialista, nosso país caminha hoje, para assumir em sua plenitude a missão maior que sugere a forma de seu mapa geográfico, qual um coração, seja o AMOR.

23
REFLEXÕES DE UM CORPO SEM ALMA

Você se lembra daquele programa de televisão chamado *Alô, doçura*, estrelado pela grande atriz Eva Wilma e seu *partner* Johnny Herbert, lá pelos idos dos anos 60? Não adianta disfarçar, olhar para os lados e fingir que não era do seu tempo, vá. O que eu me lembro bem é a alegria exibida pelo pessoal na transmissão das pequenas coisas que aconteciam no dia a dia dos seres humanos "normais", seja em nossas casas, no ambiente de trabalho, tudo tratado e representado com um fino senso de humor (e amor), traduzido e interpretado com maestria pela dupla de atores. Suas fisionomias sempre exibiam uma graça especial, um encantamento, um fascínio pelas coisas simples do cotidiano.

Às vezes fico pensando nas habilidades que as pessoas têm que desenvolver para tornarem suas vidas mais emocionantes, engraçadas, intrigantes, diferentes, interessantes, mais gostosas de serem vividas. Viu só quantos adjetivos? A arte de adjetivar vem sendo desenvolvida há séculos e empregada das mais variadas formas, com os mais variados objetivos. Se quisermos desanimar alguém, podemos dizer que a viagem de Bauru a São Paulo é muito longa e cansativa, pois leva quatro horas e meia. Por outro lado, se quisermos animá-lo, podemos argumentar que a viagem é muito prazerosa, por estradas duplicadas e com muitas opções de bons restaurantes ao longo do caminho.

Enfim, dependendo do nosso objetivo, o adjetivo.

Tem muita coisa de magia nisso, né? E tem de ser assim.

Na verdade, se a gente quiser traduzir a vida em palavras, de forma resumida, pode-se fazê-lo usando apenas uma frase com três palavras: nasci, cresci, morri.

Seria muito simplista e a vida assim não teria muita graça, não é mesmo? Sem tempero, insípida, difícil de engolir. Representaria, sem dúvida, um verdadeiro sacrifício ficar aqui na mediocridade esse tempo todo, somente aguardando a nossa vez de "abotoar o paletó", indo sei lá para onde.

Muito bem, a raça humana escolheu viver com emoção, com fortes sentimentos, conferindo um sentido aberto ou oculto a tudo aquilo que nos cerca na busca por uma interiorização do Universo infinito, no qual estamos por obra e graça do nosso Pai. Na procura pelas nossas razões, os porquês, procuramos distinguir e conferir valores às coisas que nos cercam, usando, para isso, um sem número de artifícios, segundo nossos próprios sistemas internos de crenças. O uso de adjetivos nada mais é, portanto, do que uma tentativa de verbalizar magnificando uma ideia, um conceito (positivo ou negativo), que temos sobre alguém ou alguma coisa.

Certa vez, conversei longamente com um velho advogado, muito experiente, sobre como tudo acontecia na esfera jurídica. Eu buscava entender as razões por trás de algumas sentenças contraditórias, inocentando uns e condenando outros, às vezes pelas mesmas acusações, em circunstâncias aparentemente semelhantes e com base em elementos bastante parecidos e os motivadores de um dado delito.

Podia acontecer, como acontece, na realidade, de uma pessoa ser condenada em uma vara criminal, por exemplo, por um crime de morte, e ser inocentada em outra vara, apesar de ser julgada pelo mesmo crime. Isso pode ocorrer, disse-me ele, por uma série de razões, tais como: o juiz (se é bonzinho ou do tipo "durão"), o advogado (se é novato ou veterano, além da reputação), a composição do corpo de jurados (se formado por uma maioria de mulheres, por trabalhadores etc.) ou, ainda, dependendo da época em que ocorre o julgamento (se próximo à data em que ocorreu o crime a sociedade tende a ser mais "impiedosa").

Então aquele velho advogado deu-me uma lição que eu nunca mais vou esquecer. Suponhamos um advogado renomado, contratado para trabalhar na defesa de um acusado de assassinato. Uma vez investido no papel de defensor, ele vai fazer de tudo para atestar a boa índole do acusado, vai dizer que o crime aconteceu porque o acusado agiu movido por intensa emoção, privação temporária de sentidos, como dizem alguns.

Certamente, ele vai trazer diversos depoimentos (positivos é claro) de conhecidos do réu, que vão atestar sua condição de pessoa idônea, respeitadora, cidadão exemplar, índole apaziguadora. Vai trazer ainda o gerente do banco onde ele tem conta, bem como o dono do açougue, do mercadinho, do barbeiro onde corta o cabelo, que irão responder sobre a sua honestidade e sua seriedade. Provavelmente, deverá levar também alguns companheiros de trabalho do acusado para testemunhar sobre o seu valor como trabalhador disciplinado.

Passando para o lado da vítima, o defensor do réu poderá argumentar sobre a venalidade da pretensa vítima em seu trato com o acusado, comprometer a sua imagem e mostrar que a pessoa, afinal, "não é tão vítima assim". Falará daquela vez em que o vizinho presenciou a discussão em que a vítima ameaçou o réu de morte, ou, ainda, sobre as muitas vezes em que ela deu o "cano" no dono do bar, querendo dizer ser ela contumaz mau pagador. Também não vai se esquecer de providenciar o depoimento de pessoas que teriam presenciado uma briga na boate, quando ficou comprovada a índole violenta do sujeito. E assim por diante, procurando sempre exaltar o lado positivo do algoz e diminuir a importância relativa do fato ocorrido, ao mesmo tempo enfatizando o lado negativo da vítima e aumentando sua contribuição aparente para que o crime fosse consumado.

Pois muito bem, se o mesmo advogado fosse contratado para fazer parte do time de acusadores, sua atitude seria bem diferente.

O agora acusador faria de tudo para atestar ao corpo de jurados a má índole do acusado. Traria aquele parente próximo para contar as vezes que presenciou o réu tratar de maneira ríspida a própria mãe, sendo, portanto, um mau filho. Narraria com emoção as vezes que ele brigou com o vizinho, homem de paz, por motivos fúteis, prova mais do que suficiente de sua agressividade. Ou, então, aquela testemunha de última hora, que ouviu o réu ameaçar a vítima no calor de uma discussão qualquer, indício muito forte de uma premeditação do delito cometido. Sem falar da professora do colégio, que poderia, por exemplo, relatar quantas vezes o filho do réu apanhou em casa; ou uma garota, que falaria sobre as vezes em que o réu a olhara na rua, movido certamente por motivos subterrâneos, o que também poderia significar uma grave distorção de seu caráter.

Do mesmo modo que o defensor levaria um companheiro de firma para atestar sobre suas boas qualidades como colega de trabalho, o acusador poderia encontrar outro colega para contar sobre as oportunidades em que o pretenso criminoso prejudicara (ou contribuira para prejudicar) a empresa em que trabalha; ou o dono de outro bar, que poderia dizer que o réu sempre foi um "caloteiro"; ou o padre, que diria que ele nunca ia à missa aos domingos; ou, ainda, um vizinho, que falaria sobre as vezes em que ele voltava para casa bêbado tarde da noite.

O que dizer, então, da pobre vítima? Homem trabalhador, esse sim, de índole pacífica, que quase sempre era aquele que apartava as brigas na boate; pai carinhoso, ameaçado de morte pelo acusado diversas vezes. Nesse caso, o motivador seria procurar diminuir a figura do algoz e elevar a importância relativa do delito, ao mesmo tempo em que buscaria enfatizar o lado positivo da vítima, descaracterizando qualquer motivação que pudesse justificar o tresloucado ato cometido pelo réu.

Onde está a verdade então? Quem sabe? Tudo é uma questão de motivação, de objetivos, de querer vislumbrar a questão enfatizando uma ou outra dimensão. O advogado vai agir procurando a verdade nos elementos de que dispõe para condenar (acusação) ou absolver (defesa) o réu.

Em nossas vidas nós agimos dessa mesma forma o tempo todo, como esse advogado. A sociedade é o nosso corpo de jurados, para os quais temos de provar constantemente a nossa inocência, justificar os nossos atos, lutando contra a enorme quantidade de promotores de acusação que tentam nos desqualificar em nossas virtudes e condenar pelos nossos defeitos. Bom, não fique assim com essa cara de vítima, porque frequentemente também assumimos o papel de acusadores, no sentido de diminuir outros que, porventura, estejam atrapalhando os nossos caminhos, impedindo-nos de concretizar nossos desejos.

E sabe quem é o juiz disso tudo? Nós mesmos. O juiz mais durão, incorruptível e inflexível que encontramos todas as manhãs do outro lado do espelho. O adjetivo é a pena, o carimbo que usamos, dando a conotação que nos for mais favorável para a outra pessoa que está sendo "julgada" em nosso tribunal, inexoravelmente, muitas vezes de maneira inapelável, sem possibilidade de recurso ou defesa. Para justificar tal procedimento utilizamos todos os artifícios possíveis e imagináveis, a favor ou contra, assim como uma enorme dose de autocomplacência, para nos absolver, às vezes pelos mesmos delitos. O que vale para nós não vale para os "outros", não é mesmo?

Por vezes, a vida é muito chata, você não acha? Muitas vezes precisamos lançar mão de recursos que nos permitam alcançar maior satisfação pessoal em nosso dia a dia. Será que é assim que acontece?

Basta dar uma lida nos jornais diários para ver o quanto se está fazendo no mundo para tornar a vida mais dinâmica. No entanto, isso não significa que a vida está se tornando menos chata, muito pelo contrário. Ao invés de incentivar maior satisfação, tudo parece conspirar para induzir as pessoas a uma maior insatisfação com as coisas do mundo e entre elas.

Veja o que o sem-vergonha (adjetivo) fez, roubou o dinheiro público. Aquele dirigente esportivo ladrão (adjetivo) que lesou o clube. Aquela empresa desalmada (adjetivo) que demitiu todos os funcionários. Aquele partido político retrógrado (adjetivo) que prega a volta a um regime de exceção. O chefe imoral (adjetivo) que assedia sexualmente suas funcionárias. O sujeito vagabundo (adjetivo) que não quer trabalhar. O funcionário relapso (adjetivo) que falta constantemente ao serviço.

Longe de mim querer defender esse ou aquele ponto de vista. Em minha opinião, a denúncia, tendo em vista a atual situação das instituições deste país, é necessária e deve mesmo acontecer de forma contundente. Os menos favorecidos e os deserdados exigem isso. No entanto vemos muitos "nãos" sendo ditos e muitas outras coisas que, ao invés de nos trazer maior satisfação, acabam nos tornando mais infelizes.

Se a intensidade do uso dos adjetivos para condenar é muito grande, precisamos contrabalançar isso de alguma forma, utilizando outros mais positivos, de modo a manter nas pessoas a alegria de viver. As pessoas não estão vivendo mais uma vida resumida, chata, estática; elas estão cada vez mais no meio de uma roda viva negativa, também dinâmica e girando com crescente intensidade. Se esse quadro não mudar, vamos logo ficar todos loucos uns com os outros porque, daqui a pouco, estaremos acostumados a agir e a buscar coisas negativas. Não conseguiremos mais vislumbrar as virtudes inerentes ao ser humano, a centelha divina, nem em nós mesmos. Então ficaremos cegos de vez, em busca das virtudes perdidas, como Ponce de Leon em busca da cidade de ouro (Eldorado), mas irremediavelmente privados das condições, dos talentos e da sensibilidade para encontrá-las.

Numa frase é fundamental que exista o sujeito, que vai conferir identidade e propriedade à ideia, bem como o verbo que vai dar a dinâmica adequada, não é mesmo? O adjetivo será, então, o principal fator de atribuição de qualidade e valor ao que está sendo dito ou feito.

No entanto é preciso que não se esqueça do substantivo. As coisas devem ter substância, consistência, validade e significado para valerem alguma coisa. Antes de adjetivar, busque pela substância, pela consistência de seus sentimentos, se o objeto vale a pena, se vai contribuir para contrabalançar o que se tem de negativo voando por aí. O uso de um adjetivo sem estar acompanhado de alguma essência e sem amor nada constrói e nada comunica de valor. A vida pode até se tornar mais dinâmica, mas vai perder a graça, será como uma poesia sem rima. Com ritmo, às vezes até mesmo o corpo, mas sem aquele gostinho de uma construção melódica bem feita, da mensagem e do sentimento transmitido. Como se fosse um corpo sem alma, daquelas antigas lendas noturnas, errando pelo mundo sem direção e sem objetivo.

24

CRIME NO HOSPITAL

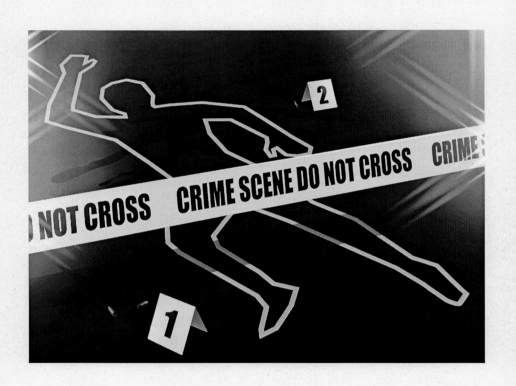

Lembro-me bem de como tudo começou. O teatro universitário regurgitava de gente para assistir a palestra do Dr. Arruda, da Universidade do Porto, Portugal. Pelas poucas informações de que dispunha, a maioria de reportagens esporádicas de jornais, tratava-se de brilhante cientista, envolvido com novas e revolucionárias descobertas e tratamentos dentários para, se não me engano, prevenção do câncer bucal. Bom, salvo confusões devido à minha notória não familiaridade com o assunto, acho que era esse o tema da palestra.

Ah! Quase ia me esquecendo. Meu nome é Lucas Fish, isso mesmo, peixe em inglês, e não me venha com gozações porque já as ouvi todas desde os tempos de colégio. Sou detetive lotado na 77 DP, a famosa "Santa Cecília", e o palerma aqui do meu lado é o também famoso Tralli, motorista de viatura, o nosso Fittipaldi. Tá bom, devo reconhecer que ele tem méritos porque, mais de uma vez, conseguimos sucesso em nossas diligências devido exatamente à sua capacidade de "passar um camelo pelo buraco de uma agulha". Religioso ele.

O delegado Carvalho gostava muito de mim, tanto que sempre fazia questão de me manter longe da DP. Daí eu ter sido designado para esse caso que, na verdade, não era ainda um caso, apenas uma checagem de informações.

Tomei aquilo como um refresco, porque já estávamos meio estressados pelos turnos dobrados lá no plantão. Vida dura, meu. Vai ser polícia para sentir o cheiro da brilhantina. Então decidi encarar como um "relax", uma oportunidade para baixar a guarda um pouco e, de quebra, aprender alguma coisa sobre "câncer bucal". Estava na expectativa de que seriam algumas horas interessantes, mais ainda para todo aquele pessoal do ramo. No entanto o tempo foi passando, meia hora, quarenta minutos, e nada de o homem chegar.

Como já disse, minha presença ali podia ser explicada como a busca de um contato com o diretor da escola, de forma a obter alguns esclarecimentos adicionais sobre o desaparecimento de órgãos humanos do hospital. O caso em si era de pouca importância para mim e minha presença naquele dia era quase burocrática, para confirmar ou não alguns dados meio tétricos quanto ao número e aos tipos de órgãos furtados ou desaparecidos. Sentia-me como um mecânico fazendo um inventário de peças de automóveis. Como o tal diretor era um homem muito ocupado, difícil mesmo de ser encontrado, o Carvalho sugeriu que o procurássemos no dia do congresso, no qual estaria presente gente do mundo todo e, assim, esperávamos que também ele estivesse lá.

Suávamos em bicas dentro dos nossos terninhos de segunda, pois já eram 9h e o tal de Arruda não chegava, tampouco o diretor Amaral. Nós fomos ficando ali, meio "peixes fora d'água", sem ter o que fazer. O burburinho aumentava de intensidade quando, subitamente, um dos auxiliares do evento segredou alguma coisa ao ouvido daquele que parecia estar presidindo a mesa. Imediatamente o homem se levantou, junto aos outros que o acompanhavam e se dirigiu ao público pelo sistema de som.

— Senhoras e senhores, um pouco de silêncio, por favor, pois tenho um comunicado da maior gravidade a fazer.

Esperou um tempo antes de continuar, até diminuir um pouco o volume das conversas a um nível que considerou satisfatório.

— Infelizmente, tenho de comunicar que não será possível ao nosso palestrante de hoje estar presente, uma vez que ele, junto com o doutor Amaral, foram vítimas de um acidente de trânsito e, até onde eu sei, foram levados para o Hospital das Clínicas.

Todos ficaram estupefatos com a má notícia, inclusive eu, que teria que voltar de mãos abanando para a DP. Podia até ouvir o Carvalhão dizendo: "Pô, meu, é só você chegar que a zica começa a cantar".

— Lamentavelmente, como é muito grave o estado dos dois, devo dizer que estão suspensas as atividades de hoje. Agradecemos a atenção de todos e pedimos encarecidas desculpas pelo contratempo. De qualquer maneira, vamos torcer pelo melhor.

Nessa hora, tocou dentro de mim aquela velha campainha que me alertava toda vez que algo estava fora dos trilhos.

Com base no parco material contido no dossiê que me foi passado, pude perceber apenas que o caso em questão envolvia tráfico de órgãos, com um monte de gente endinheirada, médicos de outros países, inclusive da China e dos EUA. Suspeitas recaíam sobre uma tal doutora Lúcia, que era (pasme) justamente a esposa do doutor Amaral, mulher de forte personalidade segundo o Carvalhão. Alguns itens mencionavam também um tal de doutor Douglas, amigo do casal, e que depois se revelaria importante pivô na história toda.

Mais do que depressa liguei para o Carvalho.

— Carvalho, deu zebra. Você não vai acreditar, mas o homem sofreu um acidente e não pôde vir. E agora?

— Tá, ok, meu, já estou sabendo. Não se preocupe muito com a saúde do infeliz, porque o homem morreu. Levaram o corpo para o IML para as providências de praxe nesses casos. Vai ser difícil encontrar alguma coisa, pois me disseram que estão inteiramente queimados. De qualquer maneira, dê uma chegada, você e o Tralli, até o local do acidente para "sentir" o lugar. Depois vá até a técnica para dar uma olhada no laudo que eles estão fazendo com o que sobrou do carro. Assim que você terminar me liga, ok?

Lá se ia minha esperança de alguma coisa mais light, porque estava sentindo cheiro de confusão no ar.

— Pô, Carvalho, você não tem mais nada para me dizer? Acho que você está escondendo leite, não está? Depois fico eu e o Einstein aqui com cara de tacho.

Olhei de rabo de olho para o Tralli. Ele não estava nem aí para a torcida. Nunca estava. Seu negócio era pegar a viatura e "mandar ver".

— Depois que você fizer isso tudo que eu te pedi me liga que eu te ponho a par de mais algumas coisinhas, tá? Por agora, só posso adiantar que a coisa vai engrossar. Tchau.

Vai engrossar, é? Senti bambeza no assunto, como o presunto da festa, o único que não se diverte.

— Tralli, vem cá um instante. Vamos embora para checar mais algumas coisas para o Carvalho. Você conhece alguém lá na técnica, não conhece? Aquela tal de Margot. Será que ela pode nos dar uma mãozinha para darmos uma olhada no carro dos infelizes aí?

Mas era tudo o que ele queria para afirmar sua utilidade na dupla.

— Pois é. Depois o Tralli é isso, o Tralli é aquilo, mas quando precisa resolver, a quem ele recorre? O Tralli, lógico.

Irra! Trabalhar em dupla é isso que dá. É pior do que casamento, pois a gente fica mais tempo com o parceiro do que com a mulher. Existia até uma corrente dentro do pessoal lá da psicologia da polícia civil que advogava a necessidade de uma terapia semelhante à conjugal para "realimentar" o relacionamento. Ah, meu, mas nessa eles não iam me pegar mesmo.

— Pô, cara, mas é troca de informações ou não é? Também já quebrei muito galho seu por aí. Não se esqueça.

Saímos e pude, afinal, afrouxar o nó da gravata. Usar terno naquele calor era desumano, numa cidade onde não se via uma área verde no centro. Pensei no sofrimento daquele pessoalzinho dos bancos, se bem que atualmente quase todas as agências utilizam ar condicionado.

Entramos de novo na nossa "viatura", um opalão velho de guerra, que nem ventilador tinha. Para onde iríamos primeiro? Para o IML ou para o local do acidente? Decidi dar uma chegada até o local do acidente antes para dar tempo suficiente àqueles burocratas para fazerem os exames todos nos "de cujus" e preencher a ritualística dos relatórios. Só depois é que poderíamos ter acesso livre às informações.

Bom, na verdade, o que eu queria mesmo era conversar com as pessoas que fazem os exames e não ler relatórios, porque sabia que em casos mais complicados, como parecia ser esse, quase sempre as verdadeiras respostas não estão nas coisas que saltam aos olhos. Se fosse algo tramado, o que nós veríamos no relatório seriam informações evidentes, plantadas por alguém exatamente para que as víssemos.

Chegamos sem maiores problemas à curva fatal onde ocorrera o desastre, num trecho da estrada que liga Embu-Guaçu a Itapecerica da Serra. Nada mais restava de vestígios, nem havia muita gente procurando ver o que tinha acontecido. Apenas um ou outro passante parava e dava uma olhada até o fundo do despenhadeiro, na esperança de ver alguma coisa. Pela altura, tinha sido uma queda e tanto.

Não era uma região muito habitada, pois nas imediações havia somente chácaras e sítios de lazer pertencentes a endinheirados de São Paulo, empresários, artistas e profissionais liberais à procura de sossego e um pouco de ar puro para respirar. Segundo as informações de que dispúnhamos, ali perto ficava o sítio de propriedade do doutor Amaral, onde tinha se hospedado também o palestrante, seu infeliz companheiro de jornada.

O trecho em que havia ocorrido o evento era mesmo bastante sinuoso, com curvas fechadas e profundos abismos pedregosos, exigindo alguma atenção dos motoristas, principalmente se fosse à noite.

Paramos no acostamento. Já eram 13h e meu estômago reclamava uma refeição. Tralli também já estava quase se amotinando, porque sua fome, em função do peso, era muito maior do que a minha. No entanto eu precisava de algum tempo livre para pensar, pois gostava de andar bastante e sentir as cenas, absorver as respostas não escritas que, porventura, o ambiente tivesse para me oferecer. Desse modo, achei melhor despachar meu faminto parceiro até Itapecerica para almoçar e trazer-me um lanche.

O local de onde o veículo havia se precipitado no abismo era regularmente sinalizado com placas indicando perigo, para diminuir a velocidade e coisas do gênero. Segundo entendi da minha visão no lugar, após uma série de "esses", o doutor aparentemente passou reto, sem conseguir fazer a tal curva.

Em um contato preliminar, via rádio, com a "técnica", fiquei sabendo mais alguns pormenores sobre o fato, ou seja, que o acidente havia ocorrido na noite do dia anterior à palestra agendada. Além disso, fora alguns objetos pessoais encontrados nos dois "corpos", todo o restante estava calcinado a tal ponto de não ser possível o reconhecimento físico. Segundo o levantamento, os restos queimaram durante a noite toda, até a manhã em que foram descobertos por um dos poucos passantes do local, que foi quando ficamos sabendo dos acontecimentos lá no teatro onde tínhamos estado, eu e o Tralli, atrás do doutor Amaral.

Fui andando até mais acima na estrada, procurando ter a mesma visão que os pobres coitados tiveram antes do acidente. Nada me pareceu anormal e, se eles estivessem em baixa velocidade, com certeza teriam conseguido fazer a curva sem maiores consequências. Segundo o depoimento inicial do motorista da família do doutor Amaral, ele era muito cuidadoso ao dirigir e ficava bastante zangado quando ele andava a velocidades mais elevadas. Bom, mas, e se não fosse ele a dirigir? Era pouco provável, pois o outro doutor era um visitante de fora e, assim, era de se duvidar que o doutor Amaral tivesse lhe passado a direção, ainda mais à noite e naquela estrada.

Alguns pontos intrigantes começaram a aflorar na medida em que o tempo passava. O primeiro era que não obstante todo o percurso da estrada contar com *guard-rails* – aquelas defesas metálicas normalmente colocadas para se evitar que, em caso de perda de direção, o veículo saia para fora do perímetro da rodovia –, havia um pedaço faltando justamente na parte por onde o carro dos médicos havia se precipitado rumo ao vazio. Com algum esforço, contando depois com a ajuda de um reforçado e já bem alimentado companheiro, mediante o uso de cordas, pude descer uns 20 metros no matagal abaixo da estrada e… lá estava ela. Como pensava, não foi difícil encontrar o pedaço que faltava.

50 TONS DE VIDA

Examinei-a detidamente e constatei que não estava amassada, tampouco tinha sinal algum de ter sido arrancada, de alguma forma, de seu lugar de origem. Pelo contrário, parecia ter sido apenas desparafusada e atirada ali por alguém. Outro exame da junção lá em cima confirmou essa observação. Além disso, mais importante, não havia sinal de tinta automotiva no material, o que joga por terra a tese de ter sido arrancada com a batida do carro.

Outra coisa que me pareceu importante foi a ausência de marcas de freio no asfalto. Parecia que o motorista apenas havia embicado o carro em direção ao abismo e prosseguido até cair, como se não quisesse ou não pudesse evitá-lo. Seria o nosso doutor Amaral um suicida? Bom, a princípio não se pode eliminar nenhuma hipótese, mas seria pouco provável que, nesse caso, ele escolheria fazê-lo acompanhado do pobre doutor Arruda, que não tinha nada a ver com o peixe. Ou, ainda, será que o motorista não estaria inconsciente ou até mesmo morto antes do desenlace final?

Minha intuição me dizia que, de fato, haviam alguns itens que mereciam um questionamento mais profundo, mais ainda quando juntados aos outros elementos que iríamos colher diretamente na "técnica", no IML e com o próprio Carvalho lá na 77.

Ao verificar os laudos da perícia realizada nos restos do automóvel, outros indícios me chamaram a atenção. Segundo o pessoal da mecânica que periciou o carro todo, motor, tanque de combustível e caixa de marchas, o auto estava imobilizado em ponto morto no fundo do penhasco. Além disso, os restos calcinados de sangue encontrados sugeriam uma espécie de "caminho" do banco de trás para os da frente, o que indicava que as vítimas poderiam ter sido mudadas de um lugar para outro, talvez pouco antes do desastre.

Outro dado relevante encontrado foi uma impressão digital perfeita sobre o que parecia ser uma camada de material oleoso na porta do passageiro dianteiro. De acordo com as circunstâncias do acidente, como ninguém tinha conseguido abrir aquela porta no fundo do penhasco, aquelas impressões poderiam pertencer à pessoa que a tinha fechado pela última vez, ou seja, o provável assassino ou responsável pelo desastre.

Quanto ao motorista estar ou não consciente, a necropsia foi conclusivamente positiva no sentido de que as vítimas já estavam mortas antes do acidente. Segundo o Taveira, médico legista e perito policial, quem quer que tenha sido o responsável por aquilo, tinha bons conhecimentos técnicos da medicina legal. Apesar das marcas frontais encontradas nos cadáveres calcinados, provocadas provavelmente pela própria e violenta queda do automóvel, eles tinham outras na nuca e nos ossos das mãos que poderiam ter sido produzidas daquela forma ou mediante concurso de forças externas.

Quanto à identidade das vítimas, parecia não haver dúvidas, apesar de muito pouco haver sobrado para ser identificado. Os objetos pessoais, relógios, pasta de trabalho, anéis, além de uma dentadura postiça utilizada pelo pobre doutor Amaral, contribuíam para reforçar sua identidade. Do mesmo modo, informações recebidas de Portugal logo confirmariam a identidade do outro corpo como sendo do doutor Arruda.

Fiquei imaginando que a morte do doutor Arruda, brilhante cientista, com certeza traria muitos prejuízos para importantes pesquisas (elevadas preocupações !!!).

Estávamos chegando novamente na 77, nosso "ninho" de paz, perto da Amaral Gurgel, imagine só. Ali só tem gente fina, a nata da nata da nata do pensamento *underground* paulistano. Nas imediações eu me sentia como num shopping center ao ar livre, com acesso a tudo que precisava. Comida, roupa, hotel, teatro, boate (da pesada ou não), estacionamento, barbeiro, sem falar nas ruas infestadas de camelôs com produtos do mundo todo (*made in Paraguai*), tudo isso aberto praticamente 24 horas por dia. A vida noturna era verdadeiramente digna de nota. Alguns personagens eram marcadamente noturnos, ou seja, só os encontrávamos das 23h em diante, enquanto outros eram diurnos, como se fossem turnos de fábricas, de alegria para alguns e agonia para outros.

— E aí, Emerson Tralli Fittipaldi? Se de um dia pro outro você morrer, "bater as botas", alguém vai sentir sua falta? Quem vai ter prejuízo? A polícia?

Eu sabia que ele não gostava de discutir essas coisas. O Tralli era de origem humilde, família simples, e sua preocupação maior era sempre fazer as coisas "numa boa", fazer o melhor, viver e deixar viver. Quando pintava um caso de morte ele ficava meio cismarento, arredio, e eu sempre aproveitava para tirar uma lasca do coitado.

— Pô meu, imagine só os dois doutores lá atrás. Há poucos dias se encontravam nas mais elevadas posições, fama, fortuna, reconhecimento. Carros caros, mansões, viagens para o exterior, palestras, enfim, bem acima dos pobres mortais como você e eu. Mas veja agora, lá no IML, na horizontal como todos os outros nas gavetas, finalmente igualados pela sabedoria da mãe natureza, a nos mostrar que, no final das contas, somos todos feitos da mesma matéria-prima. Na verdade, usamos um corpo formado de substâncias emprestadas, que logo precisaremos devolver para que outros possam também ter a sua vez.

Meu parceiro nem piscava. Fingia que não ouvia, mas mantinha sempre um "rabo de olho" escutando o que eu dizia.

— As riquezas, meu caro Tralli, como é que eles vão fazer para carregar tudo para o "outro lado"? Caixão não tem gaveta, meu amigo, nem farol de milha ou taxímetro para marcar o custo da "viagem".

Estávamos chegando, encostando o valente opalão, talvez o último ainda em atividade.

— Pô Lucas, para com essa "zica", vai. Isso aí dá azar, meu, sabia? Não é à toa que o Carvalhão diz que você é meio "marcado".

Esse era o Tralli.

Chegamos e fomos direto até a sala do delegado especial Carvalho (ele gostava de frisar o "especial"), aliás, Celso de Melo Carvalho, titular da 77 DP. Lá dentro já nos esperava, junto com mais duas pessoas, um homem e uma mulher, que não reconheci de pronto.

— Demorou, hein, Lucas? Estava quase indo embora. Só não fui porque isso virou mesmo um caso e preciso de você. Estamos sem gente, todo mundo no "trampo", e aí já viu, né?

— Tá bom, sobrou. Mas saiba que a demora não foi sem motivo, pois achei que valeria a pena dar umas espiadas por aí antes de falarmos. Agora tenho certeza de, ao menos, já ter dúvidas sobre quase tudo desse caso.

Fomos até uma sala que utilizávamos para várias coisas – reunião, interrogatório, o que pintasse –, porque era sempre gente demais e espaço de menos.

— Quero apresentar a doutora Lúcia, viúva do finado doutor Amaral, e o senhor Almeida, motorista da família. Pedi a eles que viessem para que pudessem nos prestar algumas informações.

A fisionomia da doutora, de resto altiva e exibindo um constante ar de superioridade, não deixava margem em relação à sua boa vontade em estar ali. Quanto ao motorista, nenhuma emoção aparente parecia trair o que lhe ia no íntimo.

O tempo vai passando vagarosamente. São Paulo, em sua veloz caminhada em busca da felicidade ignorada e os personagens em suas rotinas diárias.

Enquanto isso acontecia, a três mil quilômetros de distância tinha lugar o desfecho desses acontecimentos. Uma pick-up GM com placa do Paraguai para junto à porteira da fazenda Luz do Campo, perto da cidade de Aquidauana, interior de Mato Grosso. Ao volante, um homem aparentando mais de 50, cabelos brancos e barba cerrada; ao seu lado, uma garota meio índia, à qual dera carona até a entrada da propriedade. Segundo sua identificação, seu nome era Getúlio dos Santos Lima, sem profissão, nascido em Jardinópolis, pequena cidade do interior de São Paulo. Homem aparentemente sem família, mulher, filhos ou outros parentes, aparentava ser mais uma daquelas pessoas que envelheciam sozinhas. Um cidadão comum, sem nenhum atrativo especial ou característica que pudesse despertar a atenção. Vestido como estava, parecia ser mais um trabalhador do campo voltando para casa após um dia na lida.

Getúlio, então, parou ao lado da porteira e a passageira despediu-se com um sorriso e um monossílabo de agradecimento. "A monotonia da perda de reconhecimento me deprime, mas tem os seus confortos".

****

Nossa história dá um "pulo" de alguns (muitos) anos e me encontra sozinho no meu apartamento, descansando após uma noite de trabalho como segurança de uma conhecida casa noturna. Como todos já sabem, existe um "terceiro turno" muito forte que faz "girar" a economia noturna paulistana, mais especificamente no setor de casas de espetáculos, *nightclubs* e bares, que emprega grande contingente de pessoas. Assim como hoje em dia, qualquer um da área de segurança precisa de um "bico" para zerar a conta no final do mês. Eu também faço parte desse "clube". De súbito, toca o telefone, raivosamente como sempre.

O amanhecer anunciava o que parecia ser mais um dia como outro qualquer. O sol nasceu do mesmo lado, céu azul de verão denunciando um dia quente, poucas nuvens, enfim, tudo apontava para o que seria apenas mais um dos incontáveis dias no "passivo a descoberto" de um policial aposentado. O silêncio quebrado apenas pelas buzinas da vida anunciava os milhares de carros e ônibus passando em frente ao meu prédio, motoristas enfurecidos aqui e ali. O nosso valente Tralli "Fittipaldi", motorista de viatura, também já estava aposentado e vivendo em LINS (lugar incerto e não sabido).

Mas que diabos, eu mesmo escolhi esse toque barulhento para o caso de eu estar dormindo muito pesado. Devido às dores tomo muitos analgésicos e, de vez em quando, o corpo reclama um período de sono "normal", apesar de esse tal de "normal" já ter desaparecido da minha vida faz tempo. Bem, vou atender o telefone e qual não foi a minha surpresa ao ver no celular o número de origem da ligação. Era o número da antiga 77 DP, Santa Cecília, que nunca mais esqueci.

Como todos já sabem, mas não custa repetir, meu nome é Lucas Fish (peixe mesmo), ex-investigador lotado justamente na 77. Após mais de vinte anos, vinte e três para ser mais exato, uma bala "perdida" achou meu joelho direito e se encarregou de decretar a minha inaptidão para o trabalho "de campo". Deram-me a alternativa de fazer serviço de escritório, mas isso seria a morte para mim. Preferi sair "com honra", medalha e tudo, para preservar minha sanidade mental.

Muitos companheiros ficaram alegres e muitos outros ficaram tristes com minha saída, a "alma" da 77. Eu mesmo até hoje não sei dizer se fiquei alegre ou triste, pois, afinal de contas, saí mais ou menos "inteiro". Poderia ter sido pior ou melhor, dependendo do ângulo que se quer analisar, mas fato é que agora já estava acostumado a fazer elucubrações mentais sobre a vida. Tinha tempo de sobra para isso. Mas e daí? O que vem agora?

Atendi a droga do telefone e uma voz conhecida saltou aos meus ouvidos, vinda do passado qual fantasma que renasce.

— Alô? Lucas… Lucas Fish?

Não acreditei que depois de tantos anos o delegado Carvalho (Carvalhão para os mais chegados) ainda se lembrava de mim.

— Lucas, você está aí?

— Estou sim, onde mais? Como é que você descobriu meu número?

— Não se esqueça de que eu ainda sou da polícia, ô meu. Descubro qualquer coisa que eu quiser.

Parecia estar vendo novamente o doutor delegado "especial" na minha frente, sempre com aquele ar de enfado infinito que fazia toda vez que explicava uma coisa que ele achava óbvia. Isso era mais ou menos um "tique" de todos na DP, porque geralmente as melhores

50 TONS DE VIDA

pistas escondiam-se debaixo de obviedades. Ao contrário do que dizem, o ser humano não é tão complexo quanto a sua arrogância gostaria que fosse.

— Mas depois de todo esse tempo, a que devo a honra?

— Escuta, é sobre um antigo caso em que você trabalhou, você e o Tralli. Você se lembra daquele médico que morreu em um acidente há mais ou menos vinte anos? Estava junto com aquele outro médico, português, se não me engano.

Comecei a raspar a minha memória.

— Foram muitas as investigações de que participei. Como vou lembrar especificamente dessa assim, de repente?

Meu radar interno passou a soar estridente, antevendo alguma bucha do passado.

— Ah, você se lembra sim. Foi num dia em que iria acontecer um congresso de Medicina naquela faculdade da USP, se não me engano. Eu disse iria porque o congresso acabou não se realizando devido à morte do palestrante, que era justamente o médico português.

Mas claro, como eu poderia me esquecer daquilo? Nunca chegamos a uma conclusão firme sobre o caso, ainda mais depois do relatório do legista.

Bem, é mais ou menos assim: não foi possível afirmar que era nem que não era o doutor brasileiro, cujo nome era Amaral, pois não dispúnhamos da possibilidade de proceder a exames de DNA. Conseguimos saber e comprovar apenas que a outra vítima se tratava do médico português, o doutor Arruda, no banco do passageiro. Mas, pelo sim ou pelo não, apesar das poucas evidências em relação ao doutor Amaral, o laudo final saiu com os nomes dele e do doutor Arruda. Muita pressa, para variar, e o consulado português pressionando porque queria repatriar o corpo do doutor Arruda o mais rapidamente possível para satisfazer sua família e sua universidade de origem.

Desse modo, as famílias do Brasil e de Portugal ficaram satisfeitas, bem como a polícia, que se livrou de um "abacaxi", e o próprio Carvalhão, que ficou bem na fita por ter "solucionado" o caso a contento. Eu também, apesar de algumas dúvidas, decidi dar o caso por encerrado e partir para o próximo.

— Pô meu, mas é um caso muito velho, já resolvido e esquecido, não é mesmo? Qual é a dúvida? Esqueci de assinar algum papel?

Naquele tempo, toda investigação gerava uma montanha de papéis e relatórios que, depois, eram despachados e sumiam nos poros da burocracia do Estado. Claro, sem deixar de tirar uma cópia de tudo e arquivar nos distritos policiais. Hoje tudo é diferente: computadores, arquivos magnéticos, telefones celulares e, imagina só, exames de DNA.

— Pois é, meu caro Lucas. Estou eu quase aposentado e me cai no colo de novo esse esqueleto fugido do armário.

— Mas por quê? Esquecemos de alguma coisa importante?

Um minuto de silêncio na linha e veio a resposta.

— Sei que é meio difícil de acreditar, mas aconteceu. Parece coisa de filme.

Injeções de adrenalina começaram a entrar ditando o ritmo do meu coração.

— Outro dia recebi uma ligação de um professor que conheço lá da escola de Medicina da USP, ex-colega daquele que morreu no acidente. Amaral, não é mesmo? Ele me disse que parecia ter visto um fantasma nos corredores da escola.

— O que foi? O morto voltou?

— Não, Lucas, mas foi quase isso. O pobre doutor me contou, meio apavorado, que viu o amigo andando em um corredor da faculdade, mas cujo aspecto era de quando o doutor Amaral ainda era vivo. Continuava jovem e parecia não ter envelhecido nada.

50 TONS DE VIDA

Mas como poderia? Por certo, deve ter sido a imaginação do pobre doutor a lhe pregar uma peça, saudoso que sempre foi do amigo morto em circunstâncias tão dolorosas.

— Diz aí, Carvalhão. Esse coitado estava bêbado ou babando? Ou deu umas "tragadas" por aí.

— Espera aí, seu Sherlock maluco, pois o cara me telefonou tantas vezes que, enfim, concordei e pedi para ele comparecer na DP. Assim eu pensava em me livrar desse incômodo e, de quebra, matar também a curiosidade que todos ficamos em relação ao caso.

Pois no dia em que marquei, ele apareceu na minha sala com uma pasta cheia de fotos antigas, e mostrou-me uma em que ele está com o doutor Amaral, tirada há mais ou menos vinte anos.

Depois disso, eu é que fiquei esperando a "bomba".

— Tá, e daí?

— Daí ele me apontou o doutor, aquele que morreu, então pouco mais do que um jovem estudante, e me disse: "Esse aí é o moço que eu vi andando num dos corredores da faculdade. É muito parecido mesmo, parece uma cópia do Amaral". – E prosseguiu o doutor: – Isso me intrigou bastante e resolvi convocar o jovem à minha sala no departamento em que trabalho na faculdade. Ele lá compareceu e tivemos uma interessante conversa. O rapaz se chama Alejandro Ortega e é cidadão Paraguaio, tendo sido aprovado no curso de Medicina mediante um intercâmbio previsto em convênio que temos com o governo daquele país.

Agora eu é que estava ficando bastante incomodado e curioso com isso tudo.

— Tudo bem, Carvalhão, onde você quer chegar? Já conseguiu me deixar curioso.

— Pois bem, o doutor prosseguiu sua narrativa e me disse uma coisa que acho importante, merece pelo menos uma verificação. Disse ele que o pai do jovem Alejandro também era médico e, pasme você, formado aqui mesmo, em São Paulo, lá na escola de Medicina da USP. Veja bem… O que sabemos, então, é que o estudante é a cara do doutor Amaral e filho de um médico formado aqui mesmo, na USP.

Era mesmo um caminho desafiante provocando minha curiosidade.

— E você sabe qual o nome do pai do jovem?

— Olha, Lucas, ele me disse que o jovem afirmou ser filho de Mariano Ortega, médico com clínica lá em Assunción del Paraguay.

— Meu Deus! Você quer me mandar para o Paraguai? Pô meu, estou aposentado. Manda alguém "vivo" da 77 mesmo.

Aí um pequeno silêncio, denunciador de uma proposta irresistível. O problema é que o delegado me conhecia muito bem e sabia que a história também já estava me roendo por dentro. O chamado espírito de investigador detestava ficar com pontas deixadas no ar, sem solução.

— Escuta Lucas, não custa nada dar uma olhadinha aqui mesmo, na escola, por exemplo. Um primeiro passo para você, de leve, para começar, é dar uma checada lá na escola de Medicina e ver se eles tiveram algum médico formado com o nome do pai do jovem. Já é um primeiro passo.

Era assim, "de manso", que ele convencia as pessoas de suas ideias.

— Pois é, parece tranquilo, mas estou fazendo um bico noturno para ajudar a pagar as contas e vai ser difícil conciliar as duas coisas.

— Isso não vai ser problema. Eu tenho uma verba na DP para pagar informantes e serviços de terceiros. Pode deixar o bico que eu garanto.

Pronto! Aí começa a segunda parte da minha vida policial. Estava me transformando em consultor policial. Chique, né?

— Está certo então? Dá uma checada na escola e depois nos falamos.

Então clique. Doravante passamos a perseguir o fantasma.

No dia seguinte fui verificar na escola de Medicina o nome de Mariano Ortega e tive confirmada minha íntima dúvida que, na verdade, nunca tinha saído de mim desde vinte anos antes. A escola informou que nunca teve nenhum aluno, menos ainda formando, com o nome do pai do rapaz.

No outro dia fui pessoalmente procurar o Carvalhão na 77 DP, para ver a cara dele ao saber da novidade.

Uma típica sala de delegado de polícia: mesa cheia de papéis, quadros de medalhas e fotos nas paredes, cinzeiro transbordando de bitucas e restos de cigarros fumados pela metade.

— Bom dia, ô doutor delegado especial de primeira classe. Ainda guarda os biscoitos na gaveta da direita?

O olhar inquisidor denunciava o espanto do delegado.

— Então era você que sumia com os meus biscoitos?

Tinha guardado essa confissão durante longo tempo, mas agora finalmente achei que ele merecia saber. Mas vamos logo ao que interessa.

— Pois é, Carvalhão... Agora você vai mesmo me mandar para o Paraguai.

— Alguma informação interessante?

— Interessante? Bom, para começar, a escola informou que nunca teve aluno ou formando com o nome Mariano Ortega. Aqui está a declaração por escrito referente ao nosso pedido de informação.

A cara do delegado não era mais de enfado, mas de grande interesse devido às novas possibilidades abertas para o caso.

— Então agora só nos resta obter o endereço paraguaio do rapaz e dar uma chegada lá com nossos colegas paraguaios.

Obviamente seria preciso obter muitas aprovações e consultas diplomáticas antes de poder concretizar a prisão do doutor, se é que era mesmo o doutor Amaral com outro nome. Em qualquer investigação sempre há uma pequena chance da verdade não ser exatamente o que nos parece à primeira vista. Também pensamos no risco de alguém, talvez mesmo do consulado paraguaio, avisar de nossas intenções o doutor, que para todos os efeitos era cidadão paraguaio.

— Ok, Lucas, não vamos sofrer por antecipação. Vou providenciar os documentos necessários, convencer meu chefe de que tudo isso faz valer a pena o esforço e depois aguardar a liberação da documentação.

Nada mais a fazer, passei a observar os movimentos do rapaz, Alejandro, buscando obter na faculdade o endereço dele no país de origem. Deu um pouco de trabalho, mas com a ajuda de alguns colegas da polícia de lá, amigos do Carvalhão, descobrimos não só o endereço do domicílio, mas também o de sua clínica, localizada em Assunción.

Depois de cerca de dois meses, chegávamos eu e o delegado "especial" Carvalho a "Assunción del Paraguay", terra das guarãnias, sendo recebidos por nossos colegas de lá.

O dia seguinte foi o "dia D", ou seja, a verdade final.

Não tivemos muito trabalho em procurar e conseguir conversar com o doutor Amaral. Tivemos até muita facilidade, porque ele parecia estar a nossa espera.

A tarefa que seria difícil envolvia como conseguir a sua retirada do Paraguai. Como cidadão paraguaio e médico de prestígio na capital, doutor Amaral, ou Mariano Ortega, reconhecido até por ter a primeira dama do país como uma de suas prestigiosas clientes, gozava de proteção por parte de cidadãos eminentes. Tais cidadãos trabalharam mesmo para dificultar e tornar infrutíferos nossos esforços para repatriá-lo e submetê-lo a julgamento segundo as leis brasileiras.

Mas nossa primeira viagem não foi de todo inútil. Ficamos cerca de quinze dias rodeando e visitando o doutor, tentando ganhá-lo pelo cansaço, pois, geralmente, lá no fundo, os psicopatas têm o desejo de terem suas maquinações descobertas. Isso costuma trazer-lhes grande prazer e satisfação.

Assim, passando o tempo com o doutor, ficamos sabendo em conversas diárias o que tinha ocorrido de fato, ou qual o enredo daquela novela. Infelizmente, não poderíamos usar tais declarações para incriminá-lo porque não tinham sido feitas em caráter oficial, no Paraguai ou no Brasil, nem mesmo gravadas. Mas ficamos sabendo o que tinha acontecido, razão pela qual ficamos um pouco mais satisfeitos, apesar de voltarmos de mãos abanando.

A manobra toda tinha sido tramada para incriminar Amaral e deixar o caminho livre para Lúcia e Douglas. Almeida, o motorista, em conluio com o doutor Amaral, atuou como responsável pela descoberta de provas contra os dois. No entanto finalmente, quando se pensa ter descoberto as provas incriminando os dois, o desfecho final.

De fato, o plano era fazer os dois acreditarem que tinham mesmo assassinado Amaral, ficando livre o caminho para se juntarem como pensavam na juventude. O motorista procura insinuar-se aos dois, mas mantém Amaral sempre informado, uma vez que tem com ele enorme dívida de gratidão. Quando toma ciência da continuidade da traição, Amaral resolve deixar a coisa andar.

Estavam os três, Amaral, Lúcia e Douglas, envolvidos com tráfico de órgãos humanos. Tudo tinha começado com uma encomenda aqui, outra ali, para atender um ou outro laboratório de anatomia de faculdades de Medicina em outras localidades, algumas até no exterior, evoluindo pouco a pouco, estabelecendo alianças internacionais com grupos poderosos, envolvendo quantias astronômicas de dinheiro.

Sabendo-se traído há muito tempo pela mulher e por Douglas, antigo colega de faculdade, e percebendo que a operação de tráfico de órgãos tinha começado a vazar e logo não haveria mais jeito de manter tudo sob controle, Amaral viu aí uma oportunidade para vingar-se de ambos e, ao mesmo tempo, desaparecer de cena para sempre. Desse modo, o motorista Almeida acabou desempenhando um papel de grande importância na trama, sendo o pivô de toda a armação engendrada por Amaral para livrar-se de tudo.

Almeida conta com o dinheiro de Amaral e com outras pessoas de confiança que, a pretexto de estarem trabalhando para Lúcia e Douglas, na verdade estavam operacionalizando o seu fim. Assim, quando tudo terminasse, Lúcia e Douglas seriam responsabilizados pela morte de Amaral, além de eles próprios pensarem tê-lo matado, quando, na verdade, ele estaria vivo e em local ignorado, levando a vida com outro nome.

O culpado, de fato, era o próprio Amaral, que forjou a própria morte e assumiu outra identidade provisoriamente, de um dos corpos no "estoque" IML (um indigente). Depois, levou uma vida dupla numa cidade do interior do Mato Grosso durante algum tempo, para encobrir sua saída de São Paulo e posteriormente possibilitar a sua fuga do país.

Para arrumar outra identidade, Amaral contou com a ajuda do seu fiel motorista Almeida, que não tinha conhecimento do novo nome nem do novo lugar para onde ele iria depois de tudo. Era o único que saberia da verdade de toda a trama, de que Amaral continuava vivo. Justamente por esse motivo, Almeida quedaria poucos meses depois, assassinado por Amaral como queima de arquivo final, visando eliminar os últimos vestígios que o ligavam aos acontecimentos.

Depois disso tudo, vendo-se livre do perigo de ser descoberto, o doutor Amaral descartou o nome provisório que tinha usado para sair de São Paulo. Enfim, como último passo da trama, de posse de um diploma de Medicina em nome de Mariano Ortega, cidadão paraguaio, mudou-se para aquele país.

50 TONS DE VIDA

Depois disso deu prosseguimento normal à sua vida, usufruindo do dinheiro amealhado há tanto tempo. Então sumiu do mapa sem deixar vestígios, mas não imaginou o desfecho final de seu caso, disparado justamente devido à enorme semelhança dele com seu filho paraguaio.

A parte boa da história é que voltei a trabalhar em atividades policiais, ainda que com o título de consultor. E ali voltamos à "vaca fria" (ou *cold cow*, como queiram), típica das delegacias, só que muito mais movimentada com o entra e sai das pessoas ao longo dos dias e das noites de São Paulo. Muita gente nova na DP, os "fiotão", como os chamávamos antigamente, só que agora muito mais aparelhados. Contatos via internet, celular que só falta sair andando sozinho, sem falar no enorme campo de investigações aberto pela possibilidade de análise de DNA. Isso facilita muito o trabalho de investigação, mas certas coisas o automatismo não consegue suprir, fatores que somente a sensibilidade e o "olho clínico" podem captar, e é justamente aí que eu entrei, a "lenda viva" da 77 DP, que é como os "fiotões" passaram a me chamar. O ser humano continua sendo essencialmente o mesmo, como diz o delegado especial de primeira classe, Carvalhão.

Na realidade, o título de investigador-consultor me cai bem.

25
PANDEMÔNIO NA PANDEMIA

Caminhava lenta e calmamente em uma rua muito movimentada, uma rua comercial parecida com a 25 de março em São Paulo, muitas lojas multicoloridas. De súbito, encontro um amigo vindo em minha direção, mas não consegui ver o rosto devido ao sol direto em meus olhos. Como não me lembrava do nome, "chutei" que era Josué. Senti que Josué era mesmo muito meu amigo, mas do qual, estranhamente, não me lembrava de nada.

— Você precisa comprar logo o presente para não chegar de mãos vazias. Preste bastante atenção no aniversariante, no que ele te disser, e depois me conte. Meu irmão é muito mentiroso e eu preciso saber do que é que ele vai falar. Olha, entre lá.

Apontou-me uma loja pintada de vermelho e com portas amarelas.

Entrei na loja e não havia ninguém para me atender. Olhei para os lados e sentei em um banco, decidido a esperar.

De repente, surgem de dentro da lojinha três figuras, três frades, aparentemente Franciscanos, um atrás do outro em fila, perfeitamente alinhados. Andavam devagar, cabeças baixas, murmurando algo baixinho. Pareciam orar, quase inaudivelmente.

Passaram os três à minha frente, eu ali, sentado, saindo por uma pequena porta lateral à direita de onde eu estava. Senti vontade, uma curiosidade, de segui-los.

— Não tem ninguém aqui para me atender? Preciso comprar um presente. Foi o Josué quem mandou.

Nenhuma resposta veio do interior da loja, muito menos dos três monges, que continuavam andando e rezando na mesma toada.

Olhei para uma cômoda encostada na parede lateral e vi o que seria o presente. Um presente que parecia mesmo com um presente, embrulhado com laço e tudo. Não tive dúvidas, disposto a sair logo dali, mais do que depressa peguei o tal presente e consegui alcançar a fila dos três monges. Se fosse o caso, passaria depois para pagar pelo presente.

Do outro lado da pequena porta, entramos na nave de uma enorme igreja, comprida e com inúmeros bancos, parecida com uma catedral que visitei na cidade de York, na Inglaterra. Continuamos caminhando, perfeitamente alinhados, os três e eu, no fim da fila, também orando para não despertar suspeitas. Só nós na enorme igreja. Nosso "cortejo" logo chegou ao outro lado e, então, o último monge à minha frente falou-me baixinho:

— Olha, agora você deve virar e pegar a porta da direita. Nunca a da frente porque é proibido. Se não obedecer ou pegar o lado errado, vai ter problema.

Agradeci o aviso e esperei, mas logo eles saíram por outra porta localizada à nossa esquerda.

De repente, eis que passa num rasante um negro urubu – incrível isso –, ao longo do eixo da igreja, pousando tranquilamente na cabeça de um santo cujo nome não me lembro mais.

"Mas como esse pássaro conseguiu entrar aqui?", pensei.

Olhei para o alto buscando alguma janela aberta, mas não havia nenhuma, apenas diversos vitrais fechados, coloridos fortemente pela luz do sol que vinha de fora.

Ao invés de sair pela porta da direita, rebeldemente resolvi ir em frente, eu e mais o presente, contrariando o conselho e a advertência do monge. Saí em uma comprida escadaria central que levava à saída da enorme catedral, ao fim da qual avistei um homem usando uniforme branco, encostado em um carro também branco, aparentemente um táxi.

Olhou-me sério.

— Não te avisaram que dava problema?

Não sei por que, fiquei apavorado e atravessei a rua correndo, joguei o presente para o alto e desci por uma ladeira íngreme. Em desabalada carreira, passei por muitas casinhas pequenas e coloridas, ao lado da "calçada" de cimento por onde corria loucamente. Nunca imaginei que seria capaz de correr tão rápido. Parecia estar passando

50 TONS DE VIDA

pelo meio de uma favela. De um lado e de outro as pessoas ficavam me olhando assustadas e inquisitivamente.

De supetão, em certo momento da correria, encontrei, no meio daquela ruazinha, algumas mulheres com caras de poucos amigos, como que me esperando para uma briga. Diminui a velocidade e passei por elas vagarosamente, com um sorriso amarelo e fingindo uma tranquilidade que eu não sentia naquele momento. Passado o "incidente", voltei a correr como o vento, para que o tal "problema" não me alcançasse. Eu não sabia nem conseguia atinar sobre o que seria isso, afinal, mas continuava com um medo atroz a me cercar.

Mais algumas passadas e cheguei ao final da tal ruazinha, que terminava em uma grande avenida cheia de carros. Para não perder tempo, no modo "suicida", atravessei correndo para o outro lado e abri a primeira porta que apareceu na minha frente. Entrei em uma espécie de refeitório, pé direito muito alto, uma mesa muito comprida no centro, onde fui recebido com uma sonora salva de palmas por diversos monges que lá desfrutavam placidamente de uma refeição.

Levantaram-se todos sorridentes e puseram-se, então, a me cumprimentar. Muitos sorrisos, abraços efusivos, tapinhas nos ombros, algumas gargalhadas. Nessa altura do campeonato, eu só queria que alguém me explicasse o significado de tudo aquilo.

— Parabéns pelo seu aniversário. Pensávamos que você não vinha mais.

Tentando disfarçar o meu espanto e sem pensar muito, respondi do modo mais natural possível:

— Obrigado, vim o mais rápido que pude. Cadê o Josué?

Eles olharam uns para os outros, expressões confusas nas faces.

— Como assim "Cadê o Josué"? Você é o Josué. Trouxe o presente?

Não sabia mais o que pensar, muito menos o que dizer.

Então, EU ERA O JOSUÉ?

Olhei para o alto e vi mais uma vez o tal urubu (parecia ser o mesmo da catedral), pousado em uma das vigas de madeira. Parecia estar... sorrindo!

— Mas como é que esse pássaro entrou aqui?

Respondeu-me aquele que parecia ser o "chefe" ou o abade, sei lá:

— Ele mora aqui, mas não tem importância. É só usar a máscara.

Aí que eu percebi que todos os monges tinham colocado a tal máscara, menos eu.

Apalpei a roupa freneticamente e percebi que também estava vestindo um hábito marrom, em cujo bolso encontrei... a máscara da QUARENTENA.

Oremus.

26

PAIXONITE

Eu que te perdi, lembra?

Perdi justamente por não ter tido a coragem e a energia do "pulo do tigre" para te encontrar, aproximar-me de você. E você ficou ali, como um fruto maduro aguardando a hora de ser colhido. E eu também fiquei ali, morto de fome, mas sem coragem de te colher.

Só eu perdi.

Só eu, porque você com certeza deve ter matado a sede e a fome de algum cavaleiro errante por aí. Errante, porém corajoso.

Ô paixonite danada! Você é muito corajosa, sempre foi, porque é preciso ter aquele espírito de se lançar no espaço sem medo, na hora certa para viver e ser o fruto proibido de alguém.

Vez por outra ainda te vi por aí, pelas esquinas da vida, e surpreendentemente ainda sinto o mesmo encantamento daqueles dias. Bem, nem tanto, porque nunca mais será a mesma coisa. A oportunidade vem junto com o tempo, passou... acabou.

Mas sinto muitas saudades no meu peito de alguém que nunca tive, daquela figura delicada e quase barroca, de olhos oblíquos e cabelos levemente dourados, que presidia de maneira especial o meu altar.

Vejo-te de costas, conversando alguma coisa com alguém, ó alma escondida da minha, mas que pena. Para mim, é claro.

Eu que te perdi, lembra-se?

Mas nem mesmo tenho certeza de seu nome completo porque... nunca te perguntei.

Outro dia ousei, tentei conversar com você, mas... como começar?

— Oi, tudo bem? Você está sumida.

Na hora lembrei-me da música do Paulinho da viola:
"Olá, como vai?

Eu vou indo. E você, tudo bem?

Eu vou indo correndo pegar meu lugar no futuro. E você?"

Pois é, eu peguei meu lugar no futuro, entretanto você não estava lá.

Então você me olhou com um ar de "enfado infinito", dando-me mais uma vez a certeza final da perda.

— É, ando trabalhando muito.

E acabou aí, assim, sem mais nem porquê.

Senti que não mais veria você novamente, não da mesma forma, pelo menos. Nem física, nem espiritualmente, pois aquela menina linda de ontem havia desaparecido no tempo. Mas ela sempre fazia assim, mudava continuamente e eu nunca sabia o que vinha depois.

Que pena.

Ficava claro que nossos momentos estavam defasados, eu acho, como dois rádios sintonizados em frequências diferentes.

Quando enfim, consegui reunir a coragem necessária para falar com você, o seu momento já havia passado, levando com ele boa parte dos meus sonhos. Porém eu não sabia que você fazia parte deles, porque a gente só fica sabendo quando perde. Acho que nesta vida a gente nunca sabe nada ao certo, não é mesmo? Só temos certeza de que não temos certeza.

Ainda procurei você muitas vezes, pelas mesas e cantos dos bares, buscando, quem sabe, resgatar em mim um pouco daquela esperança esquecida, para que eu pudesse manter viva aquela visão do passado. Só mais um pouco.

Paixão doída, mas gostosa, dos enigmas indecifráveis que exalavam de você em mil promessas, reluzindo em meus olhos qual um grande diamante exposto ao sol.

Seus olhos, capazes de perfurar a mais resistente blindagem da alma, vez por outra fuzilavam de passagem os meros espectadores ao seu redor, aqueles que ousavam se aproximar.

Bem, e ali estava eu, mais uma vez só, sentindo o calor da sua presença, que fugia, mas, ainda assim, alimentava o meu espírito, mais uma vez, com as energias daquele momento.

Ainda te vi uma vez mais.

Você estava linda e diáfana como sempre. Cumprimentou-me de forma protocolar e se colocou mais uma vez no ponto mais alto do meu planeta, uma espécie de Everest de mim mesmo, toda senhora de si.

Como as coisas e as pessoas passam, não é mesmo? Passam e vão embora em suas trajetórias rumo ao infinito. Viram esquinas, enfrentam desvios, cruzamentos. Somem na linha do horizonte e levam com elas a sua luz e os seus encantos, deixando em nós uma lembrança e um vazio sem tamanho.

— Olá, como vai?

— Tudo bem.

Nunca mais te vi.

27
O CONTADOR DE HISTÓRIAS

Era uma vez um contador de histórias.

Bem longe no tempo, antes da nossa sociedade adquirir os contornos que vemos atualmente de caos organizado, antes de sequer pensarmos nos mecanismos e artefatos diversos que hoje observamos a levar-nos daqui pra lá, a trazer-nos mensagens de longe em um instante, antes do advento das chamadas "redes sociais" para nos "conectarmos" uns aos outros, antes que as máquinas e os sistemas de Inteligência Artificial começassem a tentar fazer tudo por nós, humanos.

Falo de um tempo e de um lugar em que o meio de transporte eram os próprios pés, quando a comunicação de massa era aquela feita "boca a boca", um tempo em que sonhar era a nossa principal diversão noturna e a rua era nosso parque de diversões.

As coisas aconteciam ao redor das fogueiras, à noite, quando a expressão e a fisionomia do contador de histórias podia adquirir, para nós, meninos e meninas ouvintes, dimensões enormes e fantas-magóricas. Seus gestos cuidadosamente estudados transportavam a todos, como por encanto, de uma região a outra do planeta, avançava e retrocedia no tempo, fazia-nos rir ou chorar.

Podia-se observar os diversos pares de olhos, infantis em sua maioria, como duas moedas de ouro a refletir o amarelo dançante do fogo, olhos assustados, admirados, impressionados.

Nos acampamentos, cada barulho da floresta, um estalar de graveto, transformava-se, ao sabor do enredo da história, em pisadas de monstros enormes e ameaçadores. Cada lufada repentina de vento parecia trazer à nossa pele as súplicas e os sofrimentos de almas penadas, condenadas de alguma maneira a viver vagando sem rumo neste mundo. Atrás de cada moita, de cada árvore, nossa imagina-ção infantil fazia com que, às vezes, divisássemos pares de olhos à espreita, furtivos, esperando que fôssemos dormir para nos pegar

Os pequenos animais e insetos voando ao vento, ao redor da fogueira, de repente nos sugeriam as figuras de ursos enormes e ameaçadores. Suas sombras bruxuleantes projetadas nas paredes das barracas pareciam adquirir vida própria independente, o que nos inundava as almas com sentimentos angustiosos.

Com suas vestes voando ao vento, o contador de histórias transformava-se em herói, sempre a nos livrar das situações difíceis em que colocava as nossas mentes. Ao avivar a brasa, parecia que as fagulhas que subiam grudavam no alto do céu e viravam outras estrelas noturnas.

O clímax de uma história vinha sempre acompanhado das mais impressionantes demonstrações de expressões corporais e verbais. Com palavras e gestos estudados, o contador de histórias parecia viver intensamente a trama, matava e morria, chorava e ria, deixando sempre ao final um sentimento gostoso, um calorzinho especial nos corações e uma nítida impressão, não explicável racionalmente, de fazermos parte de alguma coisa muito maior.

Assim eram forjados os nossos heróis, em uma época em que as pessoas sabiam sonhar. Olhávamos para o alto e, ao invés de corpos celestes, imaginávamos ver as figuras de deuses, seres magníficos a nos proteger ou ameaçar (conforme o caso) com seus formidáveis poderes. Podíamos ver, então, os olhos dos "vilões" e os olhos dos nossos heróis protetores.

"Ééééééééé...? E depois?".

Eram sempre as mesmas perguntas quando de uma situação mais delicada.

Chegava finalmente a hora de nos despedirmos para dormir. Chegávamos em nosso canto na barraca e ficávamos um longo tempo com um olho aberto e outro fechado, cismarentos e desconfiados. Ainda sonhávamos acordados, demorávamos um bom tempo para retornarmos à terra.

E assim era a figura de um contador de histórias que conheci, que hoje deve estar em algum lugar entre a constelação da Ursa Maior e as Três Marias, quem sabe explorando as regiões mais remotas do

Cruzeiro do Sul, para depois vir nos contar as fantásticas aventuras e as criaturas que viu por lá.

Quem sabe, até, explorando outros planetas mais para dentro do Universo, tentando compreender a sua lógica, em busca das respostas às perguntas que ainda nem formulamos, ou mesmo buscando as perguntas que pudessem justificar as respostas que todos temos da vida.

Pode estar também em animada palestra com o Grande Criador do Universo, junto com nossos outros deuses e heróis perdidos. Ou, quem sabe, em viagem a algum outro tempo, em outra terra, contando para meninos e meninas de lá histórias de algum lugar estranho, onde as florestas são de madeira, onde os pássaros, de tão grandes, levam as pessoas para passear ou onde muito pouca gente ainda tem tempo para ouvir histórias.

Deito um pouco mais de lenha em minha fogueira e olho mais uma vez para o meu céu noturno, tentando escutar os ecos do que se fala por lá, tentando escutar o que dizem os deuses, ouvindo a expectativa surda de minh'alma esperando pela próxima história.

No entanto, nas lembranças de tempos passados, ainda se encontra a figura do contador de histórias que conheci, junto a muitas outras coisas que perdi nos meus tempos de infância, na saudade imensa de uma época em que eu sabia sonhar.

Nosso Contador de Histórias virou mais uma estrela do céu.

28

TEXTO TEATRAL – A DEFESA DE TESE

231

1º ATO

Dois professores universitários, muito amigos de longa data, muitas farras e festas juntos.

— Jotinha, casado com Belinha, oito filhos.

— Roberto, casado com Valdete, três filhos.

Roberto leva uma suave vida acadêmica, tranquila demais até para o seu gosto. Pensa muito nos velhos tempos, nas farras com Jotinha.

Jotinha também, numa cidade próxima.

Ele ganha uma bolsa de pesquisa na Universidade de Roberto e viaja até a cidade (São Jerônimo). Fica hospedado na casa do amigo.

Primeiro dia, as lembranças, bem dissimuladas para Valdete não perceber, porque na época era namorada de Roberto.

2º ATO

Dia seguinte, à noite:

Jotinha e Roberto combinam escondidos como sair para a farra.

Os dois dizem que vão ao cinema juntos. Valdete desconfia.

Propõe ir com eles. Tentam de tudo para dissuadi-la da ideia, mas ela acaba indo.

3º ATO

Outro dia à noite.

Jotinha e Roberto estão de saída. Roberto diz que está com dor nas costas, tem uma consulta marcada e Jotinha vai para acompanhá-lo.

Na verdade, eles vão a uma boate. Roberto está num quarto dos fundos "fazendo massagem" quando chega Valdete.

A discussão é sobre se é sexo ou não, pois não houve penetração. Lembram-se do Bill Clinton etc.

4º ATO

Eles estão sentados em um bar, "meio" bêbados, conversando, revoltados com a tirania de Valdete. Os amigos concordam, dão risada e fazem piada, dão palpites, e a discussão acaba desviando para o risco de engravidar.

Um deles comenta que só é preciso um único espermatozoide entrar no óvulo para isso.

Roberto diz a Jotinha:

— Taí, meu… Você que gosta tanto de contar vantagem. Quantos espermatozoides você tem?

Jotinha olha bem pro "bilau" e diz:

— Um.

Todos riem. Estão bêbados.

Roberto caçoa.

— É, meu… Só um? Já viu, né?

Faz um sinal para os outros, insinuando que Jotinha é bicha.

— Nada disso, mano. Tenho oito filhos para provar. Aí é que o pessoal cai na pele.

— É, viva o Ricardão!

Chegam à casa de Roberto. E aí? Como fazer para entrar sem incorrer na ira de Valdete?

5º ATO

À noite, os dois de terno, óculos escuros e pasta na mão.

— Onde os senhores pensam que vão tão formais?

— Ora, Valdete, hoje vamos examinar uma tese.

— Puxa, mas à noite?

— É, tem alguns alunos que trabalham de dia e só podem à noite.

Saem porta afora e, no carro:

— É, vamos examinar um tesão.

Riem à vontade. Ouve-se o som do can-can.

Outro dia, à noite, os dois, sem terno, mas com as pastas na mão.

— Onde os senhores pensam que vão?

— Ora, Valdete, outra tese! Já sabe do pessoal que trabalha de dia, não?

— Mas vocês nem estão de terno.

— É que outro dia você estranhou porque estávamos de terno e resolvemos descontrair.

Saem porta afora e, no carro:

— É, hoje vamos relaxar o tesão.

Riem à vontade. Ouve-se o som do can-can.

Outra noite:

Os dois com paletó preto, óculos escuros e bermudas, com a pasta.

— Meu Deus, onde vocês pensam que vão?

— Ora, Valdete, outra tese, lembra? Somos professores e temos de estar à disposição dos alunos.

— Puxa, mas vestidos desse jeito?

— É que um dia você diz que estamos muito formais, no outro muito à vontade. Então resolvemos encarar um meio-termo.

Saem porta afora e, no carro:

— É, hoje vamos examinar um tesão e relaxar ao mesmo tempo.

Riem à vontade. Ouve-o can-can.

6º ATO

Despedidas, a viagem de volta.

— É, meu, agora é só preparar o relatório.

Riem à vontade.

— É capaz de ganhar algum prêmio.

De fato, ganha o prêmio e uma menção honrosa.

A apresentação do trabalho feito por Jotinha:

— O segredo para responder perguntas difíceis é tossir no meio. Todo mundo sabe que só os gênios tossem quando falam. Apresentação é um sucesso.

Todos aplaudem o novo "gênio".

O discurso do reitor parabenizando Jotinha.

— A pesquisa foi muito bem feita e deve ter dado muito trabalho.

7º ATO

Roberto morre.

Jotinha fica sabendo e vai no velório consolar Valdete, junto a Belinha, levando os oito filhos.

Conta as "virtudes" do amigo, que, vestido de anjo, fica observando e tentando intervir.

8º ATO

Após muitos anos Jotinha sonha, seu espírito sai do corpo, vai até o céu e encontra Roberto.

Todos vestidos de anjo.

Cai na risada quando vê Roberto usando a sainha dos anjos.

— E você é que se diz machão usando essa saia aí? Aposto que nem tem mais nada aí em baixo.

— E você? Já se olhou no espelho?

Jotinha fica assustado e grita, apalpando cuidadosamente para ver se o "bilau" ainda está lá. Sorri satisfeito.

— Graças a Deus!

Conversam sobre a realidade lá no céu, como são as coisas, se tem universidade por lá.

— Olha, tem sim, mas aqui eu prefiro assistir aula.

Nisso, passam umas alunas abraçando Roberto.

— Oi, hoje temos de estudar a lição.

Subitamente, surge Valdete com o pau de macarrão na mão.

— E onde o senhor pensa que vai?

— Veja só, Jotinha, que até aqui ela me persegue.

— Persigo não. O que você pensa que vai fazer com essas meninas aí?

— Ora, meu bem, estudar. Você já sabe, os alunos sempre têm prioridade, não é Jotinha?

— Of course, my friend.

Saem todos abraçados. Ouve-se ao fundo "Se a canoa não virar...".